Juan Tomás Ávila Laurel

Juan Tomás Ávila Laurel nació en Malabo en 1966 de padres de la isla de Annobón. Ha hecho incursiones por todos los géneros literarios, aunque es en narrativa donde ha acabado encontrando mejor acomodo. Ha publicado varias novelas y ha sido traducido al inglés, francés y finlandés.

Puño cerrado, madre negra

Juan Tomás Ávila Laurel

EDICIÓN DE:

Daniel Sardà Benguría

CORRECCIONES DE:

Emilia Fernández Tasende

dosmanos

2026 | Barcelona

—

Nos gustan demasiado los libros para dejar que los hagan otros.

Publicado por:
editorial dosmanos

C/ Banys Vells, 5, Principal
08003, Barcelona

editorialdosmanos.com
@editorialdosmanos

ISBN: 979-13-991029-1-8
Depósito legal: B 4840-2026

Primera edición: abril 2026

Esta publicación es parte del proyecto de I+D+i *Africanos, magrebíes y latinos* (1808-1975) *Negritud, resistencias y desracialización de elites* (BLACKSPAIN) (PID 2022138689NB-I00), financiado por MCIN AEI/10.13039/501100011033/ y *FEDER Una manera de hacer Europa.*

dosmanos

Martillos contra el tedio

Puño cerrado, madre negra

I

Cuentan las historias que cuando William Owen llegó a la bahía de Santa Isabel y conoció a Glorio Bololo, se quedó impresionado de su bravura apenas forzada. Fue verlo y creer que aquel era un hombre que se arrojaría al fuego, de lo salvaje que era. Soy Ana Matzen Biachó y fui la hija furtiva de uno de los hombres con las espaldas más anchas de toda Guinea. Se llamaba Pablo y fue boxeador. No hay otra razón para escribir de Pablo que el hecho de que te dejaba boquiabierta. Lo mismo que le pasó al pobre capitán Owen, quien no tuvo que esperar mucho para saber que estaba ante hombres de armas tomar. El protagonista de esta historia, en la que aparecerán otras personas, nació en Annobón. Sin embargo, dicho relato de vida se alternó con la primera parte de la mía, mientras pensaba en él con todas mis fuerzas. Lo que pasó realmente es que me crucé con la suya de una manera que nadie hubiera imaginado, pues nos ocurrieron cosas llamativamente increíbles, aun estando en lugares distantes.

He hablado de William Owen, no por casualidad, aunque lo parezca a primera vista. Por poco que se escarbe las historias que contaré se descubrirá que, entre el cribado de hombres necesario para saber quién era mi padre, había muchos que debieron su existir, y su forma de pensar, a alguna de las ideas que trajo aquel capitán inglés, quien tuvo que establecer lazos con los nativos como única alternativa para no volverse de vacío a su tierra. De ese contacto se creó una comunidad en la que nacieron hombres y mujeres con unas inquietudes especiales, un hecho distintivo que los forjó para siempre. Y los impulsó, además, a probar aventuras ultramarinas, como si debieran hacer lo mismo que el marino con el que empezó el relato. Esta historia es una parte infinitamente pequeña de cómo la apropiación de aquel sentimiento puede dejar en el camino muchas formas de desazón, como si se dijera que el mar al que arribó se convierte en un desafío que amenaza la vida de los que atestiguan aquel curso frenético e imparable de la historia. Cierto, a veces una tiene que recurrir a licencias idiomáticas para expresar sentimientos que solo se vuelven genuinos cuando se bajan a la arena. Además, se sabe que hay una dosis de consuelo cuando las penas se describen con palabras de cierta enjundia. A medida que avance, notarán que tales palabras expresan asuntos de mi existencia inmediata. También notarán que la elección de algunos nombres propios no es un asunto baladí, pues constituirán los grandes ejes de un relato que toma asiento en tierras concretas.

Antes de avanzar tomaré el ejemplo de las personas que me educaron, siempre estrictas con lo que creían que era bueno. Mujeres con muchas virtudes, y sus maridos, que eran muy respetables, decían que cuando conocían una verdad, solo la mencionaban si no perjudicaba a nadie. Y decían que muchas verdades podían dar lugar a una larga historia, pero no por ello la gente iba a dejar de dormir. Lo que querían decir con aquello era que no tenía sentido que después de contar cualquier cosa, tu interlocutor empezara a hacer cuentas con la mano para saber qué día o qué año ocurrió o dejó de ocurrir lo explicado. Estoy hablando de personas fernandinas o de gente que fue educada bajo su mirada. Además, ya dije que contaré la historia de mi padre oculto, un señor que vivió en tiempo de los blancos. Menciono a estos porque todo el mundo sabe que ellos cuentan lo que les interesa. Y para ocultar esta práctica, te ponen el dulce en la boca y te dicen que lo hacen todo ordenado, como si vivieran doscientos años y hubieran sido testigos de cada una de las historias que cuentan, cosa que no parece posible. Así que, utilizaré una forma africana de contar.

Si vas a una chica fernandina y le preguntas si la persona de enfrente está enferma, lo más probable es que su respuesta sea: ¿Acaso lo quieres oír de mi boca?

Quizá la situación fuera:

—Nanda, buenos días —dirías, entrándole de manera educada.

—Te saludo, chica.

—¿Sabes si está el tío Bodipo?

—¿Es tu familiar?

—No, solamente quería saber si estaba.

—¿Quién te ha mandado?

—Nadie me ha mandado. Quiero verlo.

—Si quieres verlo, toca la puerta. No soy guardián de nadie.

—Lo sé, no he dicho que lo seas.

—¿Eres la vecina del tío Pablo?

—No sé. ¿Quién es Pablo?

—El pescador que vive en la casa de la puerta azul.

—Ah, no, no, no lo conozco.

—Bueno, si quieres saber si está el tío Bodipo, puedes tocar la puerta.

—Muy bien.

Así eran las conversaciones. Es decir, el hecho de que quisieran ser discretas no les impedía el ejercicio del cotilleo a unos niveles que uno pensaría que están de guardia, al acecho de cualquier novedad. Pues conviví con esta gente. No estoy disgustada por ello, no suele ocurrir que alguien esté en contra de su naturaleza. Incluso no suele ser normal que uno se dé cuenta de su forma de ser, salvo que, por alguna razón, salga de su comunidad y conviva en otra. En aquellos años en que vivíamos en la Guinea Española, no era fácil salir del círculo de la comunidad fernandina. De hecho, había gente que quería ser parte de ella, como el hecho habitual de que una familia bubi, o una madre bubi, o alguien de otra tribu, mandara a su hija a una casa fernandina para eso que se hacía llamar *home training*. Al tener una hija, mirabas el futuro de tu casa y el de tu familia y creías que lo que ofrecía la oficialidad para una mujer era el *aeiou* y luego *Sus Labores*. Y como lo más importante era eso de *Sus Labores*, la enviabas a una casa fernandina para que las perfeccionara. Sí que, en las escuelas de los blancos, o en un internado, podías saber más que el *aeiou*, pero todo estaba planeado para que cualquier mujer acabara ejerciendo *Sus Labores*, salvo que su padre fuera rico. Otra señal de que los ricos eran los fernandinos. Así, la mujer joven que se formara al amparo de una mujer fernandina acabaría sirviendo en casa de una familia fernandina o en la de un blanco. O cocinaría y plancharía para siempre para el hombre que fuera a ser su marido. En aquel tiempo, una mujer bubi estaba destinada a un hombre bubi. Los fernandinos, por su parte, preferían casarse entre sí. Lo hacían por dinero; eso es, estrechar el círculo. Si no encontraban mujeres suficientes, entonces ponían sus ojos en una mujer bubi o en una corisqueña. Todo esto, lo sé, era palpable, se cantaba y producía celos en la comunidad. Y era objeto de estudio el hecho de que una mujer fernandina se casara con un hombre bubi, pues aquel hombre sería el que hubiera vendido parte de su terreno a un fernandino o estaría trabajando en el cacao, o de funcionario. Los ricos no bajan de peldaño.

Podía ocurrir que una mujer se quejara de la severidad con la que educaban a su hija, la enviada a la casa fernandina, y que su marido también se quejara del afán acaparador del empresario fernandino, el marido de la educadora. Hay que decirlo, la educación fernandina era tan dura que a veces generaba picor o ardor en el interior de las chicas. No sé dónde aprendieron aquello, pero podían meterles dentro picante molido como castigo. Sería de cuando la chica a corregir hubiera estado coqueteando, sea hecho real, sea mera sospecha de la *missis*. Sospecho que lo hacían porque los coqueteos hechos en direcciones equivocadas debían estar a la orden del día; digo entre adultos. Se sabe, además, que todo lo que hicieran se sabría, porque podía ser cantado en el Bonkó, el Ñáñigo Ñankue o Bonkó a secas, que cantaba por la calle acompañado de tambores diversos. Al otro lado, los blancos, pendientes, a su manera, de reprimir tanto tráfico sentimental o carnal, cuando se daba, o sacar provecho de ello como bien pudieran. Por eso hubo una época en que se impedía, ley oficial mediante, que las mujeres de Corisco viajaran a Santa Isabel.

¿Cuáles eran las razones reales para una prohibición tan exagerada? Sencillo, las mujeres de Corisco eran tan libres que podían quebrar la virtud de los blancos, muchos de los cuales viajaban a Guinea con sus esposas. Cuando no era el caso, aquellas mujeres aún libres podían hacer lo mismo, quebrar la virtud e impedir que la espera de la novia en la Península siguiera teniendo sentido, ya que la carne corisqueña era de superior calidad. Si no fuera esta la verdad, la autoridad no se hubiera metido en aquel asunto. Entonces, si la cosa se hubiera hecho acorde a los espíritus imperantes, la autoridad española hubiera puesto picante molido en el interior de la vagina de las corisqueñas cada vez que se produjera un encuentro de aquellos. Tampoco llegaron a tanto; la hipocresía era la norma de su vida. Y porque los que quebraran aquella ley serían sus hacedores, o los que cobraban por defenderla. Creo que un día habría que llamar a ciertos blancos inocentes y desconocedores de toda aquella vida para explicarles que aquel picante molido que se introduciría en la vagina no era un pimiento habitual en la cocina tradicional. Cualquier blanco que por despiste masticara un picante del tipo del que hablo acabaría en un hospital, y ahí estaría ingresado por dos días.

Al ser consciente de esta gravedad, y porque en Fernando Poo crece este tipo de picante, me pregunto por qué aguantaría cualquier mujer, o las corisqueñas, que una autoridad les metiera picante. Y por mi cuenta digo que aguantarían porque los blancos construyeron la catedral, y otras iglesias. Entonces podrían hacer todo aquello. Los fernandinos, por su parte, con sus iglesias baptistas y metodistas, supongo que metían el picante porque no querían ofender a su Dios. No había en toda Guinea ningún grupo que se vistiera mejor que ellos, sobre todo cuando iban a sus cultos. Yo siempre he pensado en el gesto que haría el mismo Dios cuando estuviera viendo a una mujer joven, o niña, con el picante en su interior. Pondría los dientes como si quisiera decir *chiiii*. Lo sé, un poco le estaría picando, lo mismo que pasaría a una corisqueña a quien pusieran picante en la boca por ser libre. A propósito, los corisqueños, ellos solos, o sus mujeres, dieron el mayor número de mulatos a toda la Guinea Española. ¿Razón exacta? Está claro, el remordimiento de conciencia que llevó a los blancos más tarde a prohibir que ellas viajaran a Santa Isabel, al menos solas. Es decir, siempre han atendido a los blancos que fueron a su isla a... ¡hablarles de Dios!

Bien, ¿por qué ha salido todo esto?, porque si mirara atrás es lo que vería, esta vida que envuelve la mía, salvo el hecho de que la cuestión corisqueña me tocara de lejos. Quedan algo apartadas el resto de las tribus que componían la Guinea, indígenas todos. Yo diría que los bubis han discutido tanto con los blancos que dejaron de ser llamados indígenas; los fernandinos, por su parte, no eran indígenas. Si tenías dinero, no lo eras. De hecho, eras emancipado pleno. Alguien podría preguntar si los pamues llevaban a sus hijas a ser educadas a las casas de los fernandinos. No, creo que no. Parece ser que no. Y es que para ir a la casa de una fernandina tenías que hablar una lengua de ciudad: el pichinglis o el español. Y las niñas pamues no hablaban ninguna de las dos. Podían aprenderlas, eso sí, si habían pasado por una escuela, y lejos de sus padres. Diríamos, por ejemplo, por un internado. Entonces todo lo que tuviera que ver con *Sus Labores* lo aprenderían allá; a duras penas. ¿Y los annoboneses? Cuando no eran ayudantes en un oficio, o maestros después de haberlo aprendido, salían con sus cayucos a pescar en alta mar. También podían ser empleados como factores en tiendas. Estos eran pocos. Pero con un buen nombre. O sin nombre. O bien con fama de lo que sea, algo malo, pero no suficiente para que alguien los mirara mal. El resto son nigerianos, gente que había sido traída para trabajar para los blancos o los fernandinos. También gente de Camerún. Esto es todo lo que me rodeaba, los puntos cardinales de mi vida.

Diría que soy importante porque tengo una historia, y todo empezó por quien fue mi padre a secas, aunque oficialmente dirían que es putativo. Un hombre que tuvo mucho que ver con la manera en que transcurrió mi vida. Primero de todo fue él, el hombre de las espaldas anchas. Así que este relato necesitaba que indagara entre sus familiares, que hablara con él. Incluso leí los periódicos en un tiempo en que no era frecuente que las mujeres estuvieran cerca de la letra escrita. El hecho de que tuviera que ver con la prensa era por la importancia de la Madre Patria en mi vida. Y también en la pelea que tuve para que mis orígenes no se vieran opacados por la grandeza de esta madre que, para muchos, fue más que una forastera. Todo ello está rematado y envuelto en un *¡diiim!* Dicen los más grandes entusiastas que así sonaban los puños en la mandíbula de los que le enfrentaban, gente de orígenes diversos u oscuros. Diría que, desde el colegio en que me internaron, escuchaba también los estruendosos sonidos del impacto de su poderoso puño en el mentón de sus oponentes. Si mi padre hubiera sabido el gran bien que me hicieron los golpes que dio, hubiera boxeado hasta los cincuenta años, aunque fuera para lanzar un directo, atinar y retirarse, perdiendo la pelea, pero sabiendo que había cumplido su cometido.

Ya dije quién fue, un hombre que pescaba para sobrevivir, y a esto se dedicó hasta que descubrió que en un lugar de Santa Isabel se organizaban veladas de boxeo. No supe cuándo vino de su perdida isla ni las razones. Pero debido a su arraigo en Santa Isabel, imagino que, junto con otros, lo trasladaron los blancos con la idea de que en Santa Isabel aprenderían algo mejor que perseguir tiburones y ballenas en una pesca llena de peligros, allá en su isla. Y la evidencia de que no vino solo es que, más tarde, la vida en Santa Isabel incorporó la realidad de que, si tenías necesidad de un oficial de confianza para hacerte una mesa o levantarte una pared, no te equivocabas si ponías tus ojos en un annobonés. No defraudaban. Y, además, pescaban. Papá pescaba, no defraudaba y boxeaba. Incluso los que no iban al salón donde se boxeaba oían el *¡diim!* cuando su poderoso directo impactaba en la mandíbula del oponente. Decían que aquel *diim* sonaba como si en un *yard* con puertas, de estos sitios en que viven los indígenas que se habituaron a la ciudad pero que no son blancos ni fernandinos, alguien hubiera golpeado un bidón medio lleno con un objeto de hierro. O que, con el mismo objeto, alguien tocara una campana con la boca no demasiado abierta, de manera que aquel *¡diim!* fuera auténtico. El resto del mundo oía los gritos de los indígenas que presenciaban la velada.

Ocurrió que bubis, annoboneses, fernandinos, pamues, nigerianos, liberianos y cameruneses vivían en Santa Isabel y sobrevivían de lo que podían; algunos ganando menos de noventa pesetas al mes vieron en el boxeo una forma de salir de la miseria o de alcanzar la gloria en ese territorio que estaba bajo el control oficial de los blancos.

Estos controlaban la policía armada, y los fernandinos dominaban el espacio del dinero, o así parecía, aunque alguno de ellos no destacara como los nombres importantes. Para que me entiendan: algunos tenían dinero y otros no tanto, no era lo mismo vivir en una casa de madera con porche en el centro de la ciudad, o no muy lejos de la catedral, que vivir en un barrio con puerta de chapa oxidada y baño común llamado Olú Yard. Así, cuando olieron la posibilidad de ganar fama y otros beneficios con el boxeo, los jovencitos, algo creciditos, que vivían luchando contra las hierbas y los mosquitos de las fincas del cacao, se apuntaron. Y se pusieron a entrenar, escuchando los consejos de los supuestos sabios del boxeo. No diría que supiera quién le dio las primeras clases a mi papá secreto. ¿Habría venido enseñado de su isla?, ¿encontró a un viejo fernandino que le enseñó una técnica infalible?, ¿fue otro annobonés que le confió el secreto? ¿Y si hubiera sido un blanco? Imaginen que todo lo que sabía se lo hubiera enseñado un cura.

Puede que alguien crea que hay un exceso de imaginación, pero los curas un día fueron jóvenes y pudieron haber estado cerca de los hombres que se machacaban a puño limpio. Eso sí, aquello podría ser calificado como un pecado carnal, pero no debía incomodar a la Iglesia. A esta institución le molesta cuando una parte de la carne entra en otra y con ciertas circunstancias añadidas. ¿Y si aquel papá mío era tan fuerte porque pescaba, y curtió sus músculos tirando del hilo o cuerda de pescar tiburones? ¿O simplemente se puso fuerte porque remaba? El caso fue que, cuando estiraba aquel brazo e impactaba en la mandíbula de su oponente, el sonido de metal fundido sonaba en todas las casas a kilómetros a la redonda. *¡Diiim!*, y al suelo el imprudente ibo, atrevido desconocedor de las tretas. Y no solo los ibos, también gente fernandina que quería pelear, algún bubi, pamues, cameruneses, liberianos. Pero mi papá era el mejor. Y claro, aquello despertó la curiosidad de todos, o fue al revés, alguien debió de poner el local para que se produjeran aquellas peleas y que las mismas no ocurrieran en la clandestinidad. Se supo que un tal Willy, fernandino de pro, vino de España y olió todo lo que se podía hacer para que un día se hablara del boxeo en Guinea Española.

Pero todo aquello no ocurría a espaldas de los blancos, que venían de sitios en que se boxeaba muchísimo más, y en que los luchadores salían a hombros si mandaban a sus rivales a la lona. Pero su interés no descansaba solamente en esperanzas lejanas, sino que, los que tenían un excedente de dinero mensual que no requería gastos inmediatos, se involucraban creando apuestas. Es decir, detrás de cualquier *¡diim!* que se escuchara habría alguien, blanco o fernandino, que se embolsaba una cantidad. Todo esto en Santa Isabel. Y claro, tanto movimiento de dinero a tan corto plazo no podía pasar desapercibido para los nigerianos. Los liberianos o cameruneses también participaron, y los bubis, pero los negros que salían de sus países para hacer negocios y después se quedaban aquí, eran los nigerianos. Fue la manera en que las apuestas se asentaron, encumbrando a la fama a los que sobrevivían a los terribles golpes de los púgiles. Y no se andaban con chiquitas, a juzgar por los nombres que se escogían: Bala Negra, Bomba, Cobra Negra, Slow Poison, Papá Okon, Papá Udó. ¿Se ve la lista? Entre ellos habría además dos pamues, uno o dos bubis, un krió, o fernandino, y mi secreto papá, Pablo Olivera. Si fuera en otra cosa, en otro asunto en que no valiera la maña y la astucia personal, se diría que era mi papá una oveja entre grandes y oscuros lobos. Además, ¿se necesita de algún esfuerzo para ver que papá navegaba en un mar lleno de tiburones de Nigeria? Pero usaba un gancho muchísimo mejor, haciendo que sus rotundos golpes se escucharan desde lejos. *¡Diiim!*, y *¡uuuh!*, para luego salir a hombros, mientras los bolsillos de los apostantes se llenaban.

Tanto aumentó aquella fama que su nombre se incorporó al de los héroes de la ciudad. Héroes de la vida diaria, no los hombres a los que erigieron estatuas. Y claro, todo aquello captó la atención de otros blancos y se produjo el oportuno acercamiento para que le invitaran a una velada que tendría lugar a bordo del Dómine, en la inauguración del primer viaje a Santa Isabel. Pero primero tuvo que seguir sobreviviendo: buscar comida, limpiar la casa, lavar la ropa y citarse con la naturaleza. En los años de boxeador todavía estaba soltero, así que debía buscar alguna forma de que toda aquella energía acumulada durante las tremendas peleas que tenía fluyera. Para aquellas necesidades tenía suficiente nombre para que no hubiera ningún problema, además de que era el dueño de aquella espalda formidable. Era, como solían ser los de su tribu, suficientemente guapo de cara para que no tener que ponerla en peligro para atraer a cualquier mujer joven. Vivía solo en una casa que compartía patio y puerta con la casa en que vivía mi mamá. Que digamos, podría ser como otro Olú Yard, pero con mejores condiciones. Y es que ocurría que, en aquellos años, las casas que no estaban al pie de la carretera estaban metidas en un vallado. Había buenos patios. Olivera, inmejorable boxeador, y Gloria Biachó, mi madre, eran vecinos.

Gloria Biachó haría su vida, y resulta que era una mujer bubi. Y Gerardo Matzen, un fernandino, la conocía. El otro falso papá. Matzen sería lo que hubiera sido en otros tiempos, y bien pudo haber sido hijo del hijo de aquellos alemanes que andaban por la zona, buscando dónde prosperar en África. De hecho, los alemanes habían estado en Kamerun, en aquellos esfuerzos acaparadores que hizo Europa en África. Pero él era fernandino. Habiendo madres negras en medio de todo aquello, aquel Matzen sería un mulato, o tanto sol al que se había expuesto influyó en su tez, así que se presentaba como un hombre lleno de presencia que tenía su vida en su casa, con otra mujer, otros hijos, y sueños presentables. Entonces las chicas criadas bajo la educación de los fernandinos eran así de discretas, a la vez que cotillas, porque sabían que sus amos podían tener un pie dentro, otro fuera, en otra casa en que tuviera otras ropas y donde pudiera ducharse luego de tomar la siesta en día de lluvia. Si estuviera haciendo aquello, la primera dama no podría rechistar. También podría ser que no se enterara, porque las mujeres tenían mucha faena con el ejercicio de *Sus Labores.*

Y la fama de mi verdadero papá creció, sonaron en el barrio los ecos atronadores de sus directos a la mandíbula, y un colono gracioso, algo regordete, bien dado al coñac, creyó que podía hacer un buen negocio con él. Se llamaba Alberto Cañas González y era de Cáceres. Su esposa, Olivia. Era asiduo al salón de boxeo y pudo haber estado detrás de la velada que tuvo lugar en el barco Dómine con motivo de su primer viaje a Guinea. Si se menciona esto, se tiene que decir que era casi imposible que un indígena tuviera acceso a cualquier cosa que se celebrara en un barco que estaba bajo el control total de los blancos. Algún fernandino podía tener voz, pero nunca más preponderante que la de los propios blancos. Engalanado para su primera travesía, se acicaló cuando, en la primera noche, se celebró aquella inolvidable velada de boxeo. En todo estuvo al tanto el señor Cañas. Fue tal la simpatía mutua que, ejerciendo de lo que fuera, y aun siendo boxeador, mi papá pasó a ejercer de *boy* en su casa. Suponemos que antes no tendría o el que ahí ejercía habría sido relegado. Lo más probable es que los cargos para mantener al *boy* corrieran a cargo de la administración colonial, pues todos los blancos tenían uno. Supongo que su día a día era aquel servicio de coñac y agua de coco, y por la noche, la transformación integral; nuevos focos, y en un despiste, *¡diiim!*, un certero golpe que mandaba al oponente a la lona. Así era mi papá.

Aquellas victorias eran tan rotundas que hicieron que la relación entre amo y trabajador mutara a la de dos colegas o la de un señor amable que admiraba al joven del que creía que podía alumbrar una carrera de éxito que llenaría sus bolsillos. Alguna vez se les vio en un bar tomando unas copas juntos. Así fue la relación que tenían hasta aquella velada espectacular a bordo del Dómine. Cuando todos los focos se encendieron, los privilegiados invitados a aquel evento supieron que iban a vivir una noche inolvidable. Y así fue: no ganó porque cierto ataque de risa avivó su sentido de la piedad.

—¿Ataque de risa? ¿Hubo algo de la pelea o de los rivales que te hizo reír?

—Sí, y en las mismas circunstancias el resultado hubiera sido igual —respondió.

—¿Y qué fue lo que te hizo olvidar el rigor de la pelea a la vez que despertó tu piedad? —pregunté como lo harían todos los que tuvieron la oportunidad.

—¡¡Pero si estaba todo ahí!! —exclamaba, para mantenerse en silencio, esbozando una disimulada sonrisa.

Un día respondió que la cuestión de aquel día no era lanzarlo directamente al mar. Añadió que, además, aquello no hubiera estado bien del todo porque aquella gente no nadaba tan bien como los annoboneses. Claro que lo decía en un sentido figurado; digo lo de lanzarlo al mar, pues no parecía posible que aquellas peleas tuvieran lugar en el costado del barco. Sin embargo, no fue hasta otra ocasión que explicó lo que había pasado. La pelea que le generó un ataque de risa fue con un tal Kid Fumanchú. Era un pamue que aprendió a boxear en Río Muni y residía en Santa Isabel. No es que residiera, sino que fue traído a propósito para que la velada tuviera una representación de la otra parte de los Territorios Españoles. Mi padre se enfrentó primero a Slow Poison, a quien hizo probar su propio veneno. Era un ibo caradura que, durante la pelea, intentaba intimidar abriendo sus ojos como si pudiera echar fuego de ellos. No era mal púgil, pero papá era tan ágil como él y había pescado tiburones. Le celó con la izquierda y, en un despiste, le dio un golpe que pocos vieron cómo se gestó. Un día me lo explicó. Era ese as en la manga que solo los grandes maestros usaban, as que se disimulaba golpeando en los riñones del adversario con suavidad. Entonces los espectadores veían que el hombre golpeado volaba a la lona. Una vez esperé a que se relajara y confesara el secreto.

—Cualquiera que estuviera mirando una pelea —le dije—, no creería que es tan fácil lanzar al suelo a un hombre adulto que debe pesar lo suyo. Tiene que haber un secreto, ¿verdad? ¿Cómo se hace? O sea, cómo fue aquel golpe.

—Amagas así —hizo un movimiento rápido— y le desencajas la mandíbula si quieres.

—¿Y siempre funciona? —pregunté, ansiosa.

—Siempre que tu rival tenga otras intenciones.

—¿Cuáles pueden ser estas *otras intenciones*?

—¡Matarte! —respondió.

—Vaya, ¿entonces uno puede salir muerto de una pelea?

—Sí, si le pillan en un sitio de alto compromiso vital.

—Entonces, los boxeadores conocen estos sitios de compromiso vital.

—Si van a subirse a un ring, y en un barco, deben conocerlos.

—¿Pero por qué en un barco? —pregunté.

—No es por el barco, es por la elección de pelear en el sitio en que no vive.

—Bueno, veo que hay muchos secretos.

—Todo lo que implica la vida y la muerte está rodeado de secretos.

Todo acto de vivir implica el reconocimiento de que cientos de secretos yacen velados esperando ser descubiertos a los interesados. En mi vida, por ejemplo, seguía constituyendo un secreto lo que pasó con mi mamá para que yo tuviera un padre que no pudo dar la cara, por ejemplo, o de todos los asuntos no aclarados de la amistad de este mismo padre con quien fue su jefe. Además, debía quedar claro cómo terminó la velada de boxeo que tuvo lugar en el barco Dómine, que había viajado a Guinea por primera vez. Vayamos primero a la recién inaugurada amistad entre mi padre y su jefe Cañas. El jefe simpático al que le cayó en gracia, en la euforia de sus sonoras victorias, le hizo creer que podía abrir un camino inédito de dinero y prestigio más allá de aquellos territorios españoles. Incluso acarició el futuro y, saltando sobre prejuicios que parecían insalvables en aquel tiempo, incluso ahora, creyó que el papá mío podía formar parte de su familia, uniéndose en matrimonio a una hermana soltera que tenía en Cáceres. Mi padre habría empezado su vida pescando; luego se subió al ring para mandar a la lona a quienes se atrevieran, mientras servía coñac y agua de coco a su jefe, y más tarde dormiría como cuñado en el regazo de Ángela Cañas, aquella hermana que no pudo dejar su Cáceres natal. Mi padre me dijo una vez que vio la foto de aquella prometida suya. Era una mujer de hombros tan anchos que parecían los de un hombre, pero sin su estatura. Era, además, algo bizca, o bizca confirmada. Pero, a ojos del hermano que la quería ofrecer, era guapa. Mi padre no hizo mención de los escasos atributos de aquella hermana. Sin embargo, no encontró necesario hacer juicios que pudieran llamarse de consideración.

Sabíamos que la calidad estética de una mujer se medía en las uñas de los pies; al menos eso se decía. Entonces, por lo que dijo mi padre sobre su prometida, no llegaba a las uñas de los pies de ninguna mujer que hubiera estado con él. Pero él no dijo nada sobre aquella calidad, y supongo que tenía que ver con el hecho de que boxeaba. Supuse que los que sobreviven de dar y recibir golpes no podían permitirse el lujo de ser soñadores, así que debía ver mi papá que muchísimo trecho habría entre su vida en Santa Isabel y el regazo de Ángela. Además, imaginaba que su jefe incubaba aquellas promesas durante tardes calurosas en las que el coñac hacía posible el aguante de las apetencias de los mosquitos, eran promesas pasadas por el alcohol. Papá no ignoraba que los negros y los blancos no pisaban los mismos senderos, como se decía en las casas negras. Por esto se entregaba a sus entrenamientos para que sus rivales no hicieran pasto de él. Supongo que pensaba que más tarde ya vería. Pero pensé por él: Ángela Cañas, hombros de hombre, estatura de mujer, bizca. Y el cuñado, un blanco que ejercía sus derechos de tal, que sonreía mientras acariciaba las glorias que iba a disfrutar al lado de un cuñado tan pujante, futuro marido que sería enfocado por aquellos ojos bizcos rebosantes, de manera forzada, de amor. Bueno, creo que hay muchas formas de que el destino te haga una burla. Aquella vez, en forma de colono simpático y bonachón, pero blanco, a fin de cuentas, que no era poco.

El día de la llegada del Dómine a Santa Isabel se declaró festivo, pues lo acompañaba una alta personalidad. A su llegada, hicieron bajar al puerto a las autoridades y al clero para proceder a su botadura, como si el barco hubiese sido construido en aquella ciudad. Como si unas gotas de agua bendita fueran muchísimo más que las aguas del inmenso mar. El vicario bendijo el barco y luego se procedió a su visita. Por la noche, todas las personalidades de la ciudad, blancos, alemanes, fernandinos y los principales emancipados estaban invitados a la verdadera fiesta, en el marco de la cual habría la inolvidable velada de boxeo. Y ahí fueron todos esperando estar en la primera fila. Yendo a lo que nos toca, padre había mandado a la lona a su contrincante Slow Poison, mientras que el pamue Fumanchú hizo lo propio con un nigeriano que le tocó. En la sala del imperial Dómine, los puños sonaban como truenos, *¡diiiim!*, mientras que el cuñado de mi padre se relamía en su asiento. Como había estado ocurriendo en la ciudad cuando era día de boxeo, la concurrencia era incapaz de reprimir sus emociones, y los hurras salían de aquel salón y sobrevolaban el mar para hacer partícipes a los que estuvieran mirando desde arriba. Esos simples mortales como los bubis y los nativos de otras tribus, nigerianos, liberianos y cameruneses que no tenían un vestido apropiado para haber sido invitados a la fiesta. Ni dinero.

El último enfrentamiento era la final de aquel torneo, y mi padre tenía que vérselas con el mismísimo Kid Fumanchú, el pamue venido del Río Muni. Está claro que la concurrencia no tuvo que esperar hasta aquella pelea para conocer a tan ilustre púgil, pues ya había destruido a varios oponentes. Pero había una cosa en él que desató la hilaridad de todos, lo que terminó por inclinar la balanza en la pelea, al margen de los puños que estaban obligados a gastar. Una vez se lo pregunté a padre:

—¿Y aquello era para tanto, como algunos creyeron, siendo una cosa meramente anecdótica?

—¿Quién te ha enseñado lo de meramente? Mira, lo que ocurrió fue real, no anecdótico.

—Bueno, es un decir. No hubiera dicho que fuera para tanto, hasta el extremo de que decidiera la pelea.

—Bueno, si hoy se habla de ello—me dijo—, es porque tuvo su influencia.

—Pero, ¿quién hubiera ganado si aquello no hubiera ocurrido? ¿Quién ganó?

Al no responder de manera concreta, esperé que los postreros hechos lo aclararan, sin embargo, debo decir que aquella pelea fue un éxito. Ninguno de los hombres apostados en cada uno de los cuatro ángulos defraudó, y quizá el único reproche habría que hacerlo a la concurrencia. Creo que mi padre se calló, abrió la mano y esperó o deseó que encontrara la respuesta por mi cuenta. Sé de sobras que hubiera ganado, pero se lo preguntaba para que me confesara los argumentos que le hicieron tomar aquella decisión. Más tarde me enteré de todo. Lo vi venir, sin saber mucho por qué. Acaeció que mi padre no quiso hacer verdadera sangre porque su oponente Fumanchú, Kid Fumanchú, que era de Río Muni, tenía unas peculiaridades físicas que atraían la mirada de cualquiera. Y mucho más las de los blancos. Ocurría que nuestro hombre tenía las rodillas tan juntas, y los pies tan vueltos hacia fuera, que era muy fácil que se le asociara a cualquier mono antropomorfo de los que abundaban en esas selvas. Y como no era la primera vez que se vinculaba a los pamues con calamidades anatómicas originadas por la infestación de niguas, resultaba evidente. Sí, niguas, insectos escurridizos que saltan de donde sea, de la oscuridad, de la arena, de la boca de las ratas, anidan en las extremidades de los pamues y les destrozan los pies. Lo cuento así porque hasta que no empezamos a ver pamues, no sabíamos lo que era la nigua. Bueno, también podía haber ocurrido que Kid Fumanchú naciera con aquellas rodillas juntas y que más tarde le invadieran las niguas, pero que su estado se debiera al deseo de Dios todopoderoso.

Lo cierto es que tan gran boxeador andaba como ya dije, y era una verdadera proeza que supiera y pudiera encontrar el camino para encontrar la agilidad con la que vencía a sus oponentes. Se debe decir que pamues, nigerianos, bubis y liberianos recurrían a la brujería para lograr sus objetivos. Es decir, cuando los ibos gritaban a todo pulmón durante las veladas que tenían lugar en el centro de la ciudad, cerca de nuestras casas, sabían que ganarían porque, la noche anterior, el boxeador no había abierto la puerta de su casa, y llegaba hasta fuera el olor de las velas con las que había fijado el conjuro a su destino. Bubis y demás etnias hacían otro tanto para sus dioses o demonios, sin embargo, quien no dejaba señas de que acudía a nada oscuro era mi padre. Es que no sabía si los annoboneses practicaban igualmente la brujería porque creía que era de Santo Tomé. Fumanchú, con las rodillas juntas, haría lo que le tocara para invocar a los dioses oscuros, y todos, con la convicción intacta por lo bebido, y sin poder hacer mucho aspaviento para que el conjuro no saliera volando, se citaban en el sitio sabiéndose vencedores. Un día pensé en todo aquello de que la gente negra tuviera demonios o dioses a los que acudir y me pregunté por las razones por las que no lo hacían en serio para ser superiores a los blancos. Todo esto fue cuando tuve más edad y me enfrenté a historias de gente acusada de profunda brujería.

Me desvié, pero no tanto para olvidar la sospecha; las niguas habían estorbado el buen hacer pedestre de Kid Fumanchú para desatar la hilaridad de los que presenciaban la velada. La amenaza de que aquello se convirtiera en un señalamiento racista contra mi padre hizo que tomara conciencia y jugara otras cartas. Me confesó que no habría ganado nada si hubiera mandado a la lona a aquel púgil pamue. También me confirmó que había niguas en Annobón. Hice la señal de la cruz cuando me lo dijo. Lo que ocurrió fue que se levantó y ejecutó unos movimientos para que supieran que iba a haber una gran pelea, y la hubo. Sin embargo, instantes antes de tomar la decisión final sobre cómo sería, vio los movimientos de su oponente, y al finalizar aquel round, se fue a su esquina y no pudo evitar la risa. El Kid estaba en su rincón, hablando en pamue con el brujo que lo acompañaba. Cuando mi padre vio aquellas rodillas y aquel andar, le entró la risa, supongo que entendió que su rival llevaba una desventaja muy grande. Los blancos se habían reído de él. Los nigerianos, por su parte, no andaban como si hubieran padecido de niguas en la infancia, aunque alguno podía tener las dos piernas demasiado combadas. Papá, entonces, siguió en la pelea, hizo lo que suelen hacer los boxeadores para ganar tiempo y consiguió que igualaran a puntos. Pienso que, ya que no le iba a matar, podía haberle mandado a la lona y luego pedirle disculpas, pero creo que demostró ser un adulto de gran corazón. La realidad es que, en lo que a mí respecta, no supe si aquel pamue se percató de lo que ahí había pasado o creía que había obtenido aquellos logros por la fuerza de la brujería.

Lo que dijeron después ya no afectó a mi padre. Diría que los nigerianos, con todo el poder de su brujería, se llevaron su merecido, en forma de puños, y se fueron de vacío. En los días sucesivos, o meses, o años, la fama de mi padre siguió intacta, o se acrecentó, haciendo lo que había estado haciendo: servir a su amo y seguir labrando aquella fama que le hiciera merecedor de la mano de la hermana de este, aquella mujer de hombros anchos que debía estar viviendo de espaldas a lo que imaginaba su hermano. Mi madre siguió viviendo en el mismo sitio y recibía la visita de quien era su único hombre, el señor Matzen. Luego de mucha cuerda dada, el tiempo fue, poco a poco, mostrando algunas cosas que estaban escondidas. O que brotaban por primera vez. Por ejemplo, no era novedad que mi padre era vecino de mi madre, pero los que supieron de su fama, debían de haber constatado que la vecina era de buen ver. Estarían hablando de mi mamá. Y la realidad es que cuando la gente sabe de quién trata la historia, cree también que es parte de la misma. Ocurre, además, que cuando la rueda se pone en movimiento, nadie la puede parar.

La fama de mi padre llegó a su punto más alto y el señor Cañas creyó que si no hacía algo para llevar a cabo su plan, quizá más tarde se arrepentiría, así que desoyó los rumores de un fernandino que tenía los mismos planes que él con el boxeador que había descubierto. Era indudable que fue el fernandino quien hizo aquella apuesta por el boxeo de Santa Isabel, y no sería noticia que, conociendo los caminos de la Península, quisiera saltar a ella con el boxeador de más renombre como bandera. Y lo que ahí pasó fue que las ganas que tenía el colono de casar a su hermana fueron más grandes. O bien, detrás de aquella pretensión, se escondía otra mayor: hacerse de oro con los tremendos golpes que diera su protegido en la arena del boxeo español. Y debió convencer a Olivia, y aceleró los trámites para que el viaje se produjera sin más dilación. En casa de mamá, mientras tanto, todo iba bien, y debía de haber más de un vecino, o conocido, que estuviera creyendo que el señor Matzen había tenido mucha suerte al encontrarse con ella.

Todo el vaivén y los deseos postergados se iban a hacer realidad, y cuando las oportunidades coincidieron, mi padre ya se encontraba en el barco, navegando hacia el norte, y con unas cartas importantes bajo el brazo. Su valedor le seguiría ante la más mínima oportunidad, una vez solventados los obstáculos que le retenían en Santa Isabel. Diría que el destino es así. Vislumbré cierta impaciencia por parte del señor Cañas, pero había algo con lo que no contaban: la aparición de lo inesperado. Creo, con toda sinceridad, que todo lo que pasó desde que mi padre se puso en camino para alcanzar los sueños de su cuñado dejó boquiabierto a todo el mundo. Diría, por ejemplo, que dejaría a los familiares de mi mamá con la boca abierta, estado de sorpresa que compartirían con el mismísimo Gerardo Matzen, aunque lo disimulara por el hecho de que había pensado, por ejemplo, tomar un barco y navegar para comprobar dicha verdad. Hablo de esto y recuerdo una foto de mi madre de cuando estos sucesos que rodeaban su vida no habían ocurrido. Era joven, era radiante, era hermosa. Como toda joven, sabría de la escuela lo básico, habría estado en un internado o sería de estas mandadas a educar a alguna casa fernandina. Como muchas, conocería el Club Fernandino, el Casino de Santa Isabel o el sitio de más fama secreta de todos, el local de Anita Awawo. Y, joven como había sido, habría bailado el buguibugui alguna vez.

El tiempo siguió inalterable y padre, por fin, tomó el barco. Él, que se asomó a la borda para no perder detalle, dejó de ver el puerto, las costas de Camerún se mostraron borrosas y, al final, el pico de Basilé dejó de verse, para dar paso a una línea finísima que se veía en los cuatro puntos cardinales. Despedida la tierra propia, el viajante se encomienda a la deidad marina correspondiente y abre la carpeta de los planes guardados para el destino. Adiós Santa Isabel, diría mi padre, nos veremos dentro de unos años, porque veo claro que no voy a boxear solo por unos meses, sobre todo si me va bien. Además, seguiría pensando, esta dama honesta a la que han hablado de mí quizá tomara la decisión de que echemos raíces. Ya veremos. Supongo que sería la hora en que hizo la señal de la cruz, porque sabía que ya no habría ninguna vuelta, salvo lo que pudiera alterar aquel viaje. Pero antes de que se empezaran a atisbar las tierras de aquel costado de África, una verdad en forma de un poder desconocido se hizo presente, y era el barco de una nación llena de gente de malas pulgas, quienes decidieron alterar la dirección del barco español y llevarlo en contra de sus deseos a un puerto de Liberia. Una vez me subí a un barco y conseguí que el capitán me dijera cosas de aquel país, y él me dio un papel que ponía «Monrovia 6° 18' 38" N 10° 48' 17" O UTC+0». Supuse que me daba los datos suficientes para ir allá si tuviera el medio de transporte adecuado.

Ahí llevaron a todos los embarcados en aquel viaje, y aunque parecía que aquella tierra pudiera protegerlos en caso de una contingencia sobrevenida, aquella vez se trató de un ejercicio beligerante de poder de una potencia enemiga. Los viajeros fueron llevados a tierra y ahí, muchas esperanzas empezaron a truncarse, o muchos planes se atrasaron. Si las cosas no hubieran ocurrido de manera extraordinaria, ahí hubiera sido el sitio en que se hubiera perdido la pista de mi padre, ya que no debía ocurrir que supiera desenvolverse con la suficiencia necesaria para salir airoso de aquel trance. Pero papá había tratado y conocido a muchos fernandinos, gente que, como se sabe, gusta de moverse con bastante discreción, pues no estaba bien visto que los desconocidos conocieran los planes de uno. Aplicada esta máxima a nuestra historia, podríamos decir que se podría conocer dónde vivía tal fulano, pero desconocer si estaba ausente de la ciudad y el motivo de esa ausencia. Además, mi padre era un boxeador, y es verdad pública que es un deporte, o arte, en el que esquivar ocupa un lugar central. Y quien esquiva, también se escurre y así evita el mordisco de la cobra. No inventamos, pues estamos entre boxeadores y ellos no se ponen estos nombres por casualidad.

Lo que ocurrió solo se entendería si se obligara al capitán a forzar el destino a retroceder en el tiempo. Si fuera posible, aquel barco reconduciría su marcha y, a toda máquina, desharía lo navegado y su popa se acercaría otra vez al muelle de Santa Isabel. Que los curiosos bajaran con sus maletas, por una escalera fijada al suelo con sogas, y fueran directos al barrio de mi madre, esperaran todas las horas que quisieran y pudieran y vieran a todos los que salieran y entraran de las casas. Y que se quedaran ahí imaginando qué estaría haciendo tal persona en la casa de otra. ¿Acaso se pide sal por el espacio de una hora?, alguien pensaría. Cuando supe lo que había pasado conmigo, pensé que ahí fue donde alguien me había robado un papá. Y sabía quién era. Bueno, quizá es un poco prematuro decir esto, pero creo que, si dejara la historia aquí, se entendería lo que había querido decir, insinuado con referencias a padre y al feísimo vicio de robar. Si vuelvo a la realidad, sin aquella forzada marcha atrás en el Golfo de Guinea, padre y otros viajeros estarían en Monrovia, y un país de poderes inequívocos se harían con el barco en el que viajaban. Pero diría que se sobrepuso, o se salvó, o encontró un asidero, nunca mejor dicho, porque había dado y esquivado muchos golpes, los cuales le abrieron muchas puertas, como las del barco en que, hasta que aquello ocurrió, viajaba hacia el encuentro de su destino.

Como fernandina que soy, aunque sea la mitad, pondría velo a todo lo que sigue, pero ya he empezado. Además, cuando dije lo del robo del papá sabía que requería una explicación. Si no, todo quedaría deshilachado. Pero he encontrado la valentía para decir la verdad. Ocurrió que, en la capital liberiana, papá no tuvo que buscar mucho para encontrar a alguien que debía ver mucho, porque vivían de una puerta a otra: mi madre Biachó. Abrió así los ojos y dijo: no puede ser. ¡No puede ser! Luego, con la boca abierta y el sentido común exclamando que sí, pues para que Biachó saliera de Santa Isabel no necesitaba pedir autorización al Bonkó, por ejemplo; entonces, nadie lo sabría, o pocos lo sabrían. Y como se conocían por ser buenos vecinos, el destino medió para que ella le buscara alojamiento en aquella ciudad. No puede ser, no puede ser, no puede ser, no puede ser, diría quienquiera. Parecía todo tan planeado que no podía ser casualidad. ¿Biachó se encontró con el boxeador Olivera en Monrovia y no fue planeado? Imposible, papá no creía en el amor de Ángela Cañas, pero quería triunfar en su país.

Y medité en todo, leí todo lo que encontré, busqué fotos de toda Santa Isabel, subí a San Carlos, visité el Club Fernandino. Quería ver caras, escuchar voces, percibir olores y ver las huellas de los barrios que acogieron todas las historias que dieron lugar a la mía, y me hice cruces. Y me convencí de mi verdad: alguien me había robado un padre. Y la culpa de aquello la tenía la tradición de mamá. Por aquella razón la nombraba por su apellido. Vayamos por partes, ya remataré la historia para que nadie se canse. Biachó es una bubi que se crio con su madre, quien le bautizó en su clan. Más tarde se haría señorita y sería la criada de una mujer fernandina, pero todo aquello caía sobre la base principal, que es la adecuación de los hechos definitivos a las costumbres de los bubis, las cuales habrían caído sobre lo que aprendió después del mundo krio. Y entre los bubis se pide que una mujer que se hace madre se aleje del hombre que fue testigo del embarazo, aunque no fuera precisamente el autor. Aquí meto una nota de confusión de manera deliberada. Y digo esto porque sí podría ocurrir que una mujer estuviera con un hombre, pero se embarazara de otro, para que el Bonkó de Santa Isabel tuviera un tema sobre el que cantar desde el veinticuatro de diciembre hasta el seis de enero. Y cuando menciono al Bonkó, diría que esta asociación no ha cantado una mentira jamás, aunque duela a los protagonistas de la historia sobre la que se canta.

Ya saben lo que conté sobre mi mamá. Quien le había instalado en la casa en la que vivía era el fernandino Matzen, quien debía atender su casa oficial. Venía cuando quería, podía y debía hasta que mi joven mamá dejó de tener el periodo. Bueno, Matzen debió pensar que podría aliviar el ambiente de esos rumores si mandaba a su querida a parir a Liberia. Y fue lo que hizo. Y como mamá era bubi, debía, si no faltaba nada, tener al hijo o hija y quedarse en el sitio por más de veinte meses, no vaya a ocurrir que caiga otro hijo encima y no pueda respirar de tanto dar de mamar. Esto los bubis lo han calculado bien. Pero diría que era un cálculo que no tenía en cuenta a los extranjeros, a esta gente que en la Biblia recibe el nombre de gentiles. Mi mamá, por ejemplo, era medio gentil. Olivera, del que creía que era de Sao Tomé, otro. Y los gentiles han nacido para estar fuera del templo de manera permanente, fuera de la verdad. Eso es lo que aprendí que significaba profanar, estar fuera del templo. Estando ahí en Monrovia con aquel propósito, una nación pérfida y enemiga de España se hizo con el barco en que viajaba padre hacia su destino español y propició el encuentro con su antigua o reciente vecina. Bueno, diría yo que lo que llamo el robo del papá empezó más temprano, porque si en vez de puño fuerte hubiera tenido dinero, mucho dinero, quien se hiciera con la juventud de mi madre no sería Matzen, sino el que más se lo merecía, el señor Olivera. Lo veo así, y siento, de corazón, que no hubiera sido de esta manera.

Cuando hablé del velo, lo hice porque no estamos autorizados a hablar de la desnudez de nuestros padres. Podría decir, eso sí, que mi padre tocaba la puerta de mi madre y pedía un poco de sal, ella le dejaba entrar y ese encuentro duraba más de una hora. También podía ocurrir que fueran viejos conocidos. Listo, además, debía ser mi padre para tener aquellas constantes necesidades de sal, porque si tocara la puerta y viera ahí sentado al señor Matzen, podría saludarlo de manera respetuosa, dejando que este se sorprendiera de que el boxeador no hubiera salido un hombre previsor, pues le faltaba un producto básico. Siendo mi madre una joven guapa, y mi padre un pegador de ibos y también de fernandinos, es probable imaginar esos encuentros. Y pensar que pudo haber ganado por KO al pamue patizambo y no quiso. A lo que iba, diría que no se vieron por primera vez en Monrovia, la falta de sal venía de antes. Quien se interpuso era el señor Matzen, al que no bastaban las atenciones que recibía de su esposa. Bueno, no sé si los hombres estarán saciados alguna vez. Se interpuso, y por ello es un ladrón de padres. Yo no sé cuál hubiera sido mi sentimiento si mi padre Olivera no hubiera sido un hombre al que creía de Sao Tomé, y que sobresalió como el mejor boxeador de su tiempo. Eso sí, dudo mucho de que me interesara el boxeo. Acabo de contar cómo el padre que el destino había querido que fuera mío no fue. O bien, las dos palabras que quedan por decir sobran, casi.

El hecho de que crea que sobran no significa que el mundo paró ahí, todos tenían que seguir viviendo.

Y vivir no siempre es un camino recto. Además, no siempre estamos dispuestos a poner en práctica los conocimientos adquiridos. Lo siento, todo lo que viene a continuación es una forma de echar piedras sobre mi propio nacimiento. Las costumbres bubis obligaban a mamá a estar, durante dos años, alejada de los hombres. Por su parte, las costumbres fernandinas tampoco veían bien que una mujer que estuviera dando el pecho se despistara en demasía. De hecho, fueron los fernandinos, o sus mujeres o criadas, quienes inventaron la idea esa de que la mujer *banfaría* al hijo que estuviera mamando si tuviera relaciones con un hombre que no fuera su padre. Y creo que la idea empezó siendo más pura, que la mujer que estuviera dando el pecho se dedicara solo a esto. Las fernandinas que lo inventaron hablaban el pichinglis, y por esto usaron el verbo *banfar*. Yo lo traduciría por desgraciar. Aquel niño ya no crecía, y los vecinos empezaban a ver las consecuencias. Sin embargo, de la boca de la gente no siempre sale la verdad con exactitud. Y esto va tanto para los bubis como para los fernandinos, porque mi madre sí que se embarazó, y el hijo al que amamantaba no salió *banfado*. Esa fue la manera en que perdí el padre, porque hubiera nacido antes de la intromisión golosa y lasciva del doctor Matzen.

Como me quema un poco este punto de la historia, quiero terminarla de corrido. Mamá estaba bajo la protección de otro señor. Un inoportuno. Y fue a dar a luz a Monrovia. Padre pasó por ahí y cayó en casa por casualidad. Ya se conocían, por aquello de la sal. Y volvieron a la cómplice vecindad de siempre y el precepto se rompió. A veces, cuando quiero reírme de mí misma, pienso que oficialmente la perjudicada fue Ángela Cañas, y ni la conocí. La verdad es que aquel hecho inesperado hizo que todas las voluntades se movieran para que los que tuvieran un buen nombre no lo vieran manchado. Tengo dudas de quién pudo hacer qué, y a qué velocidad se tomaron las decisiones. La realidad es que mamá aguantó hasta que vine al mundo y así se cuadraron las fechas. Quería decir esto porque, por lo que he estudiado después, mamá pudo haber quedado embarazada en el quinto mes después de parir al hijo de Matzen, santiguarse por el accidente y hacer de tripas corazón para tenerme dentro del tiempo que la oficialidad creía que criaba al primero. Entonces estaría criando a dos, sin dar noticia de aquel hecho extraordinario. Tuvo suerte, en aquellos meses, o años, al doctor Matzen no le surgió la oportunidad de viajar a Monrovia y encontrar que su mantenida había tenido gemelos nacidos en meses diferentes. Reconozco que me da miedo pensar en lo que hubiera pasado si el viaje se hubiera producido, en qué ideas hubieran medrado en la cabeza del doctor.

Ideas del mismísimo demonio. Siento miedo porque nací de mamá, en Monrovia, y estoy contando las dificultades del suceso, teniendo que dar una versión creíble de lo que pasó. Era joven, de padres pobres, y estaba sola. Sé que el Bonkó hubiera cantado por varios días que Biachó era la Virgen Mary. Lo dirían así. Había engendrado sin ser tocada. Además, estaba fuera de su lugar habitual de residencia, como le ocurrió a la familia de Jesús. Supongo que no era algo que le hubiera gustado a Matzen.

—Pero, ¿esta chica tiene dos hijos?

—Sí, los tuvo en Monrovia.

—Entonces, ¿viajó embarazada de los dos, son gemelos?

—No parece, pues el Bonkó lo sabría.

—¿Y qué sabe el Bonkó?

—Bueno, hermanita sin piojos en la cabeza, el Bonkó dice verdades, pero a veces las adorna tanto que no se entienden a la primera.

—¿Y qué se entiende a la segunda?

—Que la chica tuvo primero un hijo, rezó durante el amamantamiento y se quedó embarazada de nuevo...

—No son gemelos, ¿dices que no son gemelos?

—Qué gemelos van a ser si nacieron en meses diferentes y son de sexos diferentes.

—Qué tiene que ver. Los milagros ocurren.

—Cierto, los milagros existen. Todo salió bien. Me gustó.

—No lo sabía. ¿Cómo se resolvió para que te gustara tanto? Te ha gustado porque no es tu historia.

—No es mi historia, pero tampoco tuya.

—Dime, ¿cómo terminó?

—Si te lo digo, esta misma tarde irás a la casa de quien compone las canciones en el Bonkó y le contarás toda la historia, más tus mentiras.

—No, no. Creo que no. No puedo hacer esto.

—¿Por qué no?

—Porque la historia ya es en sí extraordinaria. Dime, pues, lo que se dijo que hicieron los dos. Porque el doctor Matzen es un hombre famoso, ¿no? ¿No es el dueño de Consultorios Matzen?

—Él mismo.

—Entonces, ¿cómo terminó? Porque las ideas del demonio pudieron pasar por su cabeza.

—La cosa terminó así: la chica al volver a Santa Isabel trajo al primer bebé. El segundo, una niña hermosa, lo entregó a una prima suya, quien se cansó y la depositó en un orfanato. Para todo esto no hacía falta que entraran las ideas del demonio.

—¡Oh! Y si los dos hijos fueron registrados con el apellido del doctor, ¿por qué la pequeña acabó en el orfanato?

—Me estás buscando la boca. ¿Quién te dijo que los dos estaban registrados con el apellido del doctor si antes no sabías nada? Además, ¿qué querías decir cuando mencionaste al demonio?

—Lo del apellido fue lo primero que me enteré, y que había una hija del doctor en el orfanato. Y me sorprendió. Porque si quería ocultar lo que ocurrió, no la hubiera registrado a su nombre. Y para no hacerlo, sí que pudo haber recurrido a las ideas del demonio.

—Quizá lo hizo porque sabía que la gente no se enteraría. O porque quería a la chica. Sabes que esta gente no quiere mucho ruido alrededor de sus vidas. Y deja de meter al demonio en esto.

—Siempre tendrán ruido alrededor, así que no lo entiendo. Pero si hizo lo que hizo para evitar los rumores, diría que lo ha conseguido.

—¿Dices que sí? No sé cómo. Explícamelo.

—Lo ha conseguido porque no puedes ir al orfanato a preguntar a la superiora por la identidad de esa niña.

—Bueno... Así afilas tu boca.

—La tuya no está afilada, gracias a Dios.

Así se contaba la historia, la mía, y ninguna de las personas que hurgaban en sus recovecos me conocía. Como mínimo no en profundidad. Por alguna razón me dieron ganas de trazar el itinerario y poner el punto final en el brazo de las monjas. O en una cuna, en el orfanato de Santa Isabel. Sin embargo, cuando empecé a conocerme, me quedé sin palabras en aquel punto de la historia, porque una no nace sabiendo que había tantas circunstancias adversas para que se pudieran tomar decisiones de aquel tipo. Y, otra vez, el demonio. Sí, el demonio. ¿Qué hubiera pasado si hubiera entrado en la cabeza de mi madre para que se desembarazara de mí? No digo que abortara, sino que me tuviera y me entregara luego a los mercaderes de niñas. O que me depositara en la puerta de cualquier iglesia de Monrovia. Mi historia no se hubiera conocido jamás. Nadie hablaría de mí ni me relacionaría con ninguna mujer u hombre que alguien hubiera conocido. Con cierta edad, pensé en todas las razones que tuvo el doctor para alejarme de mi mamá. Y un día pensé que todas las voces empezarían a hablar de cierta protegida que tuvo y que alternaba con los hombres, lo que hubiera sido un deshonor para el doctor. Sus amigos sabrían que su mantenida, o como lo llamaran, andaba con otros hombres. Fue más tarde que escuché una canción del Bonkó. No citaba ningún nombre de pila, sino que citaba los pecados. Decía unas cosas…

II

Aprendí a gatear en aquel orfanato. Si es que gateé. Sí, hay niños que no gustan de arrastrarse en el suelo, sino que se quedan ahí sentados, y luego empiezan a caminar. No es que diera importancia al hecho de gatear, pero sí era un hecho en la evolución de un hijo, en mi caso, de la hija, que transcurrió sin la presencia de su mamá. Para mí es triste. Supongo que sería un movimiento sin ir a ninguna parte, sin nadie al otro extremo del camino que te hiciera hacer el trecho. Por lo que yo sé, dudo mucho de que un niño internado anduviera o gateara mucho, y no porque los orfanatos no tuvieran espacio, sino que faltaría esta voz cariñosa que te estuviera animando a que dieras el primer paso. En un caso como el mío, a las monjas les interesa que fuéramos niños quietos, sin grandes deseos de explorar. ¡Ooh! Ahí crecí hasta que empecé a ver las cosas. Por lo que supe después, podían haberme engañado.

Con gente que iba en nombre de mi madre y padre falso y dejaba dicho que no tuviera miedo. Sabría lo que estaría diciendo, ya que el enfrentamiento a lo desconocido, la misma vida, daba miedo. Pero no es lo primero que puedo destacar de mi vida. Además, al ser el único lugar que conoces, no puedes saber que podrías estar en un lugar mejor. Y como estás entre otros niños, tampoco te cuentan lo que no han visto. Fue más tarde que pregunté por el paradero de papá, cuando se hizo presente el doctor Matzen para resolver aquella cuestión que podría manchar su reputación. Siempre que he pensado en la reputación de una, he pensado en el Bonkó.

Fui creciendo en el orfanato, forjando una gran capacidad de crear recuerdos. Y ahí conocí a los que serían mis primeras amigas y amigos. Pero aún aquí, no se me quita de la cabeza lo que habría maquinado el doctor Matzen para convencer a mi mamá de que no me tuviera en su casa, o cómo no impidió que me impusieran su apellido. ¿Algo que tiene que ver con la vanidad? Quizá lo sienta ahora porque las monjas que nos cuidaban, y también nosotros, recibían la visita de muchos hombres bien vestidos. Si estaban bien vestidos, podíamos fácilmente decir que eran hombres de bien. Calcetines, pantalones, camisa sin mangas, camisa, corbata, chaqueta y sombrero. ¿Qué buscaban allá? Alguno habría dicho que no tenía al hijo en casa porque se le quedaba pequeña. Y habría pedido a las monjas que una parte pequeña de aquel orfanato se convirtiera en una prolongación de su casa, y así poder acudir para tener noticias del pequeño ser que el destino implacable ha impedido que crezca en ella. Y mira, hermana en Cristo, diría el padre, toma esto, para ir avanzando en la crianza de mi hija. Y se iría, mirando de reojo por si viera aparecer al hijo o hija que no cabía en su casa por solo unos centímetros. O le tocaría la cabeza cuando lo viera en el patio, sin decirle que era precisamente el hombre que se quedó sin sitio en su casa para él o para ella. ¿Y si iban para cualquier otro asunto y nos veían de pasada, no teniendo nada que ver con los miedos que envolvían su vida? Diría que no era probable.

Lo improbable es que tengas un hijo secreto en un orfanato, y que la monja encargada te dé consejos sobre cómo tratar a tu mujer. O que no tengas a nadie ahí, pero te tomes la licencia de visitar el sitio dos veces al mes, para asistir a la escueta misa que celebraban para los huérfanos y las monjas. O simplemente a ver jugar a los niños. ¿Verdad que no? Me convencí de que nadie iba al orfanato si no tenía una razón cuando recordé la historia de Linsin. Era un niño harapiento con más necesidad que nosotros, un vendedor ambulante de frituras caseras. O sea, su padre, su madre, su tío u otro familiar prestado freía lo que supiera, buñuelos, churros u otra cosa vendible, y se lo entregaba al niño para que lo vendiera recorriendo calles. Aquel niño conocería las principales, y de estas, los sitios en que había tanta aglomeración que habría un hambriento en ruta. Y como los días son variados y la clientela no es que fuera fija, había de ellos malos y otros no tanto, en que la mercancía aceitada volaba con más presteza hacia la boca golosa de los necesitados. Y según fuera el resultado obtenido, se dirigía al orfanato con la idea de despertar nuestros antojos. Lo que estuvo haciendo hasta que se acostumbró. Linsin era de nuestra edad, así que se encontraba entre iguales, pero a las monjas, y, sobre todo, a la encargada, no le gustaba mucho que aquel chaval no fuera más diligente.

Que lo fuera implicaba que nos viera, y viera que nadie quería adquirir nada de lo que tuviera. Y se largara, mirando de vez en cuando hacia atrás hasta perdernos de vista. El hecho de que fuera de nuestra edad actuaba de imán. Pero era de la calle, así que sabía más. Entonces su obligación era vendernos lo que tuviera, aunque quería vender algo más. Diría yo que sentirse importante por saber que nuestros ojos iban tras su género era una forma de vender. Sin embargo, había algo más en venta: aquel nene era capaz de saltar a la comba con su bandeja de frituras en la cabeza, sin que aquello implicara ningún accidente. Hacer aquello era una forma de demostrarnos que era un niño despreocupado, y arrojado. No sé si por esto no era del todo bienvenido al orfanato, siempre en el punto de mira de la guardiana del *¿qué estáis haciendo?* Era la frase favorita de la monja encargada. De hecho, utilizaba una forma enfática y reforzada de decirlo: *¿Qué coño estáis haciendo?* Y si no podíamos decir gran cosa a la primera inquisición, imaginen a la perfeccionada. Porque entendíamos que aquella era una forma de hablar de adultos. Bastaba con que le dijéramos: nada, nada, nada, madre…, y si no tenía nada que hacer, se quedaba. Así, podía estar con nosotros el nene de la bandeja, vestido en harapos, alguna vez. Sin embargo, *¿Qué estáis haciendo?* le hacía ver que el tiempo corría y su negocio tenía que avanzar.

En aquellos años en los que recibíamos la visita del vendedor ambulante, parecía que detrás del saltar a la comba había otra cosa más, sobre todo entre las niñas más avispadas. De hecho, a veces volteaban la comba hacia atrás, cuando estaban inmersas en diálogos que las profanas no entendíamos. Hablo así porque, generalmente, saltar a la comba en el patio era algo de las niñas. Había una canción que acompañaba los saltos, que todas conocíamos y que era en pichinglis. Aunque no la recuerde, diría que ni era de nuestra edad ni el autor había nacido en el orfanato. Una canción compuesta en la calle que alguien enseñó en el colegio. Como era de esperar, no era del gusto de la guardiana, porque la entendía, palabra por palabra. A mí no me había dado tiempo todavía de aprender el pichinglis. Supongo que por esto la olvidé con los años. El harapiento vendedor ambulante, que no parecía bubi ni pamue, tampoco annobonés, debía entender todo lo que se decía en aquella canción. Era de una tribu que usaba el pichinglis en casa. Como chico de la calle que era, él hablaba también el español. Cuando lo conocí, no creí que hacer lo que hacía fuera difícil, pero pensé que quizá estaría mejor en el orfanato. Supuse que también lo quería. Fue el inicio de mi despertar crítico, diría.

En los años de saltar a la comba había entre nosotros una niña que pensaba que era blanca, y no podía creer que no tuviera mamá. No parecía que le disgustara la estancia, pero no recibía ninguna visita. Como yo. O si alguien iba a verla, no hablaba con ella, sino que iba a las monjas para que estas le dijeran lo que quería saber. Por mi parte, como no conocía a mis padres, ni al falso ni al verdadero, ni a mi verdadera mamá, podían ser cualquiera de las personas adultas que iban a ver a las monjas, pero que no decían nada concreto a ningún niño, aunque alguna vez tocaban las cabezas de alguno. Visitaban más hombres que mujeres. Hombres, en concreto, muy bien vestidos. Fue más tarde que pensé que si se presentaran a cualquier niño con aquella ropa, era imposible que pudieran decir que no se lo llevaban a su casa porque no podían. Los niños sentíamos que un adulto bien vestido no podía tener ciertas excusas. Muchos niños saben que algunas historias no son creíbles. Pero no podíamos hacer nada. Debíamos creer que si las monjas no pedían que nos llevaran era porque no había ninguna necesidad. O llegaría un tiempo y vendría quien nos había dejado bajo el amparo de unas mujeres cristianas. Si aquello ocurriera con la mitad de los niños, o con todos, Linsin se quedaría sin amigos con quienes entretenerse. Un día no vería ninguna cara conocida en el patio. Y entonces no podría entretenerse saltando a la comba. Y se iría, triste, a su negocio.

Y ocurrió, no exactamente que nos fuimos todos, sino que algunos dejamos de saber lo que pasaba. Nos sacaron de ahí. Una noche, antes de ir a la cama, una monja me llevó ante la presencia de la superiora. Me comunicaron que al día siguiente vendrían a por mí y me llevarían al barco: había llegado mi hora de viajar. ¡Iba a viajar! Entendí, más tarde, que la noticia debía mantenerla en secreto, no querían que los que se quedaban se sintieran desgraciados. Lo diría así, aunque tampoco sabía si en la cabeza de aquellos nenes habría ya el deseo de salir del orfanato. No sabía si querían escapar de ahí. Diría que sí, y me entristecería. En todo caso, yo me iba de viaje. Quedarían atrás las visitas a la catedral, las fiestas durante las navidades, con globos y dulces, la visión del río desde nuestra habitación, el agitar de los árboles que había alrededor del río, el disfrute de las frutas de los *igombes* del cruce del hospital y los cantos y bailes que teníamos mientras saltábamos a la comba. Hacia adelante, hacia atrás, con un pie y con una bandeja de buñuelos en la cabeza. Y claro, a Linsin lo dejaríamos de ver, porque no esperábamos que apareciera con su bandeja en nuestro próximo destino. Lo vi claro: nosotras viajaríamos, él no podía.

Al día siguiente, después de comer, me ayudaron a vestir y a recoger mis cosas. Las recogieron por y para mí, y supuse que estaban decidiendo lo que sería apropiado para aquel viaje. Para ir al puerto se pasaba por delante de la catedral. Hice la señal de la cruz cuando me creía justo enfrente, en línea directa con el Cristo sacramentado que había detrás del altar. Y bajamos la cuesta. Supe después que en aquella zona el capitán Owen vio a Glorio Bololo por primera vez. Cuando mastiqué aquellos recuerdos, pensé que me acordaría de Bololo porque sentí algo de miedo, y mi instinto me estaba diciendo que debía ser como él, una persona valiente. Fue lo que creí. Y llegamos al puerto y esperamos. Iba con una monja y el chófer. Ahí descubrí que compartiría el viaje con la mulata con la que saltábamos a la comba. Tampoco parecía que estuviera acompañada, pero había unas mujeres bien vestidas que esperaban cerca, hablando entre sí. Había mucha gente, blancos y negros, seres que no había visto nunca. Creo que los viajes a España eran en sí un espectáculo, pero lejos del que se montaba en el puerto con tanta gente despidiéndose, gente tocando el tambor, llorando, y los que se acordaban del secreto de última hora. O del recado para quien estuviera esperando al otro lado del mar. Entendí que muchos ruegos se hacen a sabiendas de que no van a tener destinatario.

Y se hizo de noche navegando hacia España. Muchos niños fuimos alojados en lo que yo llamaría el camarote infantil. Niños, niñas, a montones... De vez en cuando venía una persona que se encargaba de que supiésemos lo que debíamos saber. O de saber lo que necesitábamos. Había un comedor para nosotros, si no recuerdo mal. También encontramos mesas en nuestro camarote para que pudiésemos hacerlo ahí. Sería esa persona quien nos trajera la comida. Como el desayuno. En aquel barco en que íbamos no era buena idea intentar ver el mar. Ya saben que hay muchos niños, también adultos, que creen que cualquier cosa imponente es un peligro que les llama, y podría ocurrir algo en sus cabezas que los llevara a lanzarse a ese peligro. Y el mar es algo que impone. Además, muchos se sintieron indispuestos, así que era mejor acostarse y ver la pared del barco para que sintieran o creyeran que estaban en una habitación normal. Al lado de las camas había un orinal, pero diría que un orinal que era como un plato que podías alzar y hacer tus necesidades dentro, siempre que fueran necesidades menores. Y lo hacías mejor, siendo lo que fuera, si eras un niño. Si eras niña, tenías que bajarte de la cama y mostrar el culo. Bueno, no sé si desde que estoy contando mi historia, ha salido la palabra culo o no. Sí, éramos niños, pero al estar ahí mezclados, daba mucho pudor que te estuvieran viendo agachada sobre el orinal, aunque tu ropa de mujer impediría que te expusieras.

Al recordar aquello de hacer pis en el orinal del barco, también recordé a nuestro intruso amigo Linsin. Luego supe por qué, aunque se me habían volado los detalles importantes. Y es que retuve algo como que, saltando a la comba, teníamos que enseñar el culo por una razón infantil, pero se evaporó. ¿Podría ser por un favor que nos hiciera el pequeño vendedor? Sí retuve que había un lance del juego de la comba, inventado por quien fuera, en que los saltadores tenían que mostrar el culo. Ahora no sé si, aprovechando que se hacía, pedíamos un dulce favor al intruso. No sé si tenía la capacidad de desprenderse siquiera de una mota de sus géneros. Aquel lance en que se mostraba el culo se acompañaba de una canción, perdida la memoria, que justificaba el pequeño desnudo. Supongo que el mostrar el culo era un peaje, diría, para... Aquellos orinales eran para nosotras, pero los chicos los podrían usar mejor. En otro espacio estarían los baños, para quien tuviera pudor, o ganas de usar aguas mayores. El recuerdo anterior hizo que entendiera que la monja guardiana estuviera todos los días preocupada por lo que estábamos haciendo, pues quedaría débilmente justificado que unas monjas se quedaran tranquilas mientras unas huérfanas a su cargo se divirtieran con tales juegos. Debía ser su cometido, por lo que eran, apartarnos del camino de la indecencia y mostrarnos el de sumisión a Dios. No nos enseñaron a rezar en vano.

Que no fue en vano se demostró durante aquel viaje. Fue que nuestro encargado nos dijo que era obligatorio recibir la primera comunión antes de pisar suelo español. No nos dijo que era porque España era un país muy católico y podían dudar de nuestra fe. Para recibir la primera comunión, teníamos que aprender la doctrina. Supuse que sería una versión en altamar, y abreviada, porque un viaje en barco no debía durar tanto. Y no nos sorprendimos porque éramos niños y para todo era la primera vez. No tardó en hacer acto de presencia el catequista de a bordo, quien se reunió con nosotros durante unas horas para hacernos retener la doctrina necesaria.

—¿Cuántas personas hay en Dios?

—¿Cuántas personas hay en Dios?

—En Dios hay tres personas, Padre, Hijo y el Espíritu Santo.

—En Dios hay tres personas, Padre, Hijo y el Espíritu Santo.

—¿Qué es el ayuno eucarístico?

—¿Qué es el ayuno eucarístico?

—El ayuno eucarístico es no comer ni beber durante una hora antes de comulgar, el agua no rompe el ayuno.

—El ayuno eucarístico es no comer ni beber durante una hora antes de comulgar, el agua no rompe el ayuno.

—¿Quién es Dios?

—¿Quién es Dios?

—Dios es nuestro Padre, creador del cielo y de la tierra, que ama a los buenos y castiga a los malos.

—Dios es nuestro Padre, creador del cielo y de la tierra, que ama a los buenos y castiga a los malos.

—¿Quién es la Virgen María?

—¿Quién es la Virgen María?

—La Virgen María es la madre de Dios y madre nuestra.

—La Virgen María es la madre de Dios y madre nuestra.

—¿Cómo peca el que calla a sabiendas algún pecado mortal?

—¿Cómo peca el que calla a sabiendas algún pecado mortal?

—El que calla a sabiendas algún pecado mortal comete sacrilegio.

—El que calla a sabiendas algún pecado mortal comete sacrilegio.

Era una versión abreviada, pero podía seguir con dos o tres preguntas más. Tampoco faltaría la pregunta que hiciera referencia a la hostia, que era el cuerpo de Cristo, y el valor que tenía. Lo que no sé, francamente, es si hubieran negado la primera comunión al niño o niña que no hubiera podido repetir algunas de las preguntas, con una memoria demasiado removida para retener aquella teología de altamar. Pudo haber ocurrido que algún niño o niña, pidiera dispensa para no responder, algo que yo hubiera entendido. Y es que estás con las monjas, comiendo *yebé* de malanga, y de un día para otro te sacan de ahí, te meten en un barco, y en medio del océano Atlántico te ponen estas pruebas, sin tener en cuenta tu edad. Lo primero era la obligación de que aquellos pequeños viajeros recibieran la primera comunión, así que podían obviar los pormenores didácticos, o reducirlos a su expresión mínima. Nuestro catequista de a bordo podía ser un cuco y, ante la urgencia, ponerse ante el niño dubitativo y preguntarle si era un buen cristiano; aquello valdría. Supongo que aquel niño diría que sí. En aquel tiempo ya habíamos oído hablar del demonio, o Lucifer, así que ninguno de nosotros podíamos decir que no era cristiano, sabiendo que aquel ser de color verde nos rondaba. Teníamos, de hecho, un ángel de la guarda.

—¿Qué es el ángel de la guarda?

—¿Qué es el ángel de la guarda?

—Es el ángel que Dios nos da a cada uno…

—Es el ángel que Dios nos da a cada uno…

Supongo que, si Dios nos da un ángel, nadie podía justificar que el catequista dijera al señor cura de a bordo que no habíamos aprobado. Así que recibimos la comunión, un pequeño trozo de algo sin sabor en la punta de la lengua, y luego fuimos al salón engalanado con globos para celebrarlo. Y bajó el capitán de aquel barco y nos felicitó por lo que había pasado. Aquel día entendí por qué muchos niños recibían la primera comunión vestidos de marinero. Sus padres, supuse, habrían recibido las suyas en altamar. Estábamos radiantes, habíamos sido aseados en profundidad por nuestra cuidadora, y luego absueltos por el cura cuando nos hizo la confesión. Eran horas felices, éramos el centro de atención. Creo recordar que el encargado de la bocina del barco nos saludó después de la ceremonia cristiana con un largo bocinazo. Incluso alguno se asustó.

Fue más tarde, con otra edad, cuando pensé haber encontrado una de las razones por las que se llevaba a cabo aquel sacramento en altamar. Supuse que nosotros éramos huérfanos, porque alguien lo había decidido. La persona que hubiera tomado aquella decisión tendría remordimientos si no hiciera acto de presencia el día de nuestra primera comunión. Su aparición le costaría, precisamente aquel día, seguir mostrándose como un cristiano curioso que estaba ahí de paso y quisiera alentar a tristes niños sin padre ni otros parientes. ¿Qué corazón sería el suyo? Se podía creer que los hombres bien vestidos podían ser cristianos hipócritas, pero no creo que la Iglesia les hubiera permitido actuar de tales el día de la primera comunión de unos hijos que decidieron no tener en su casa. Bueno, ahí mismo sospeché que debe de haber muchos hombres que dejan dinero en los orfanatos por simple remordimiento. Serían los promotores de la primera comunión en el mar, en un barco, aunque fuera grande. El mar es una masa grande de agua agitada por los vientos. Así, *¡fiuuu!*, el viento se lleva toda fiesta, el viaje sigue su curso. Jugada maestra.

Después de todo, nuestro barco siguió su viaje y llegó a una de las islas Canarias. Supe más tarde que el sitio se llamaba así, y que era la cuna del pescado salado que se vendía en la tienda de los blancos, en Santa Isabel. Aquella parada servía para que los que trataban aquel negocio se bajaran con sus sacos vacíos, y sus bolsas llenas de dinero, para encargar aquel pescado. Sonó la bocina, seguía el viaje. Y me atreví a mirar el mar. No es que se viera mucho, pero algún barco pequeño se veía a lo lejos. Pescadores, gente que corría riesgos, pensé. Y fuimos a dormir. Durante aquel viaje se dormía cuando no se tenía ninguna necesidad que satisfacer, no teníamos a nadie al que dar la lata. Yo no diría que viajar en barco sea tan bonito, juzgando por los viajes en barco que he hecho. Es muy cansino viajar en barco sin nadie al lado para decirte si se está a punto de llegar. Entonces, te entra sueño, que golpea contra el miedo que tienes de que el barco se pierda y no encuentre la tierra a la que se dirige y os quedéis a la deriva y nadie os salve, así que no habrá ningún entierro en ataúd. Que yo recuerde, hasta que me embarcaron en aquel barco no había asistido a ningún entierro, pero ya sabía que a la gente se le enterraba en ataúdes de madera. ¿Cómo lo supe? No sé, quizá de la misma manera que conocimos la canción con la que saltábamos a la comba. He aquí, diría, mi último recuerdo de nuestro amigo Linsin. Diría que ocurrió porque no habría vuelta atrás. Ya llegábamos.

Navegamos más horas, y más sueño y pasaron cosas que no vi. Me asomé desde la cama y vi un ave cansada, a punto de ir a posarse en el pico de la ola encrespada de tanto cansancio y fatiga. Y una estela blanca que parecía la saliva de una ballena agotada de tanto nadar; y sin embargo, no era nada. Ahora creo que aquellos viajes me parecían aburridos porque no ocurría nada, o lo que creía que era algo que compartir con los amigos acababa por desvanecerse, como el globo del hombre invisible. Entonces a dormir. Y cuando llegó la hora, no todos sabían que se había producido lo que tanto deseábamos, y no todos supimos qué hacer. Fue la persona que se encargaba de nosotros quien supo que habíamos llegado. A partir del asentamiento de aquella novedad, se encargaría de hacer que luciéramos presentables, que nadie bajara a tierra con legañas. Se iba a producir lo que entendí que era la distribución de cada hijo a quien lo había mandado traer. O a su mamá. O mamá adoptiva, o al padre que viajó corriendo a España porque no podía más con la carga que había sobre su cabeza. O niños que iban a un lugar en que habría misas y donde otras monjas se encargarían de todo. La encargada procuraría que nadie se olvidara nada, y buscaría ayuda para que alguien ayudara a cualquier niño que tuviera una maleta más pesada que él. O niña. Supuse que sería la encargada de dar fe de nuestra primera comunión. Fue la última vez que vi a muchos de aquellos niños. Tomé nota de ello.

III

Estando todos en tierra, la situación empezó a clarear. Un hombre vestido de uniforme azul y amarillo se acercó a la encargada e intercambiaron algunas palabras. Tuvieron que mirar algunos papeles que llevaba en la maleta, y así fui depositada en las manos de aquel hombre blanco en uniforme. Todo era bonito, el coche en que viajamos era bonito, y cuando giré el cuello, me vi en un tren. La emoción de lo nuevo me impedía recordar que estaba en tierra firme. Miraba a izquierda, a derecha, arriba, y me acordé de que debía dar un abrazo a mis amigos que se encontraban esperando en el sitio en el que nos dejaron. ¿O fui la última y se habían ido? Bueno, teníamos poca edad y nos estaba pasando una de las cosas más grandes de nuestras pequeñas vidas. Era normal que no tuviéramos todavía las costumbres de mayores, que se acuerdan de hacerlo todo. Tampoco sabíamos a dónde íbamos. Yo no lo sabía, y me vi en un tren, al lado de un señor amable que no dijo muchas cosas. Al menos a mí. Y comí, bebí, fui al baño y dormí a pierna suelta, y soñé que me había subido a un árbol y la monja del ¿Qué coño hacéis? estaba abajo ordenándome que me bajara. Aquel viaje, diría, fue igual de largo que el marítimo, con muchísimas cosas que ver. No supe ni la hora ni el día, los de mi edad no contábamos el tiempo. El tren aquel paró en una estación llena de gente, bajamos, y me dejaron en la mano de una señora. Ahí, mirando alrededor, vi que otra señora se llevaba a la mulata, amiga mía.

Cuando vi que se iba con una mujer de color, de nuestro color, supe que había encontrado a su hermana o a su tía. Por qué no, a su madre. Yo estaba en manos de una mujer muda. Más bien sordomuda. Así que no pudo decirme que nos habíamos embarcado en Bilbao, que de ahí tomamos un tren a Hendaya, donde nos bajamos para tomar otro que nos llevó a Barcelona. Cuando llegamos a la ciudad, me sentí aliviada como si llegar ahí fuera algo que hubiera deseado con todo mi corazón. Y di las gracias a Dios, de camino a casa en tranvía, pensé que, en otro sitio, en otra casa, con otros medios, estaría la mulata con la que saltábamos a la comba y que alguien había decidido mandar al mismo sitio que yo. No sé lo que vio ni lo que estuvo pensando, pero deseé volver a verla. Di gracias a Dios, pero no es que hincara las rodillas y rezara, con las manos juntas. En aquellos años, con aquella edad, no sabía que aquello se pudiera hacer, o que se solía hacer. Dar gracias a Dios es una forma de decir que me sentí aliviada. Claro, el viaje aquel…

El tranvía en que nos movíamos subió por una calle de dos sentidos con árboles a los dos lados. Fue más tarde que supe que era una calle muy importante de la ciudad. Llegado al final de su tramo más famoso, el tranvía se torció. Por aquello nos bajamos un poco antes. Íbamos a seguir recto por unos metros y luego torcer hacia la derecha. Aquella mujer vivía ahí. El sitio en que, madre o padre, decidió que yo iba a vivir. No sabía por cuánto tiempo. Y aquel día, ya de noche, al final supe el nombre de esa mujer. Claro, no hablaba. La vi, sonreía y hacía gestos para comunicarse conmigo y desearme la bienvenida. Y para mí, era la primera vez que veía y entraba en contacto con alguien que tuviera aquella severa limitación. ¿Has venido?, pues has venido. No hay más. ¿Eh?, no hay nada más, aquí vas a estar, aquí se come lo que te iré dando y te lo enseñaré todo. Luego, mañana, hablaremos más, que hoy estoy abrumada, como tú. Por cierto, ¿cómo fue el viaje?, ¿cuándo saliste de Santa Isabel?, ¿cuánta gente había en el barco? ¿Ves?, aquí está tu cama. Aquí, la ropa de más, por si uno de estos días se joroba el tiempo. Ya verás lo que pasará mañana. En este cuarto está el baño y la ducha. La ropa sucia, aquí. La bañera allá, para cuando quieras recordar los baños en el río. Pero sé que no vas a tener tiempo, ya verás.

Luego fui a dormir, y soñé que me había colgado de un barco muy alto y sentí que, abajo, el duro mar esperaba por si me flaqueaban las fuerzas. Abajo, en una tierra desconocida, la monja que se preocupaba por nuestros pequeños quehaceres me decía por primera vez que aguantara, que no me soltara, pues no quería ver el comportamiento de los tiburones.

Desperté y me lavé a duras penas. Fui corriendo a vestirme porque íbamos a un sitio importante, a ver a gente muy importante. Recordaba que en Santa Isabel desayunábamos leche condensada, cuando había. Fue mi primera verdad. También mi primera mentira. Pero me tomé un trozo de torta con algo que diría que era miel. Por los gestos que hacía, supuse que más tarde me llevaría a ver comida conocida. Y salimos. Por suerte, en el camino vimos churros, creyó que me gustaría y acertó. Llegamos cuando los churros que compramos ya descansaban en mi tripa. No tuve tiempo de ver las miradas curiosas que iban en busca de la novedad, encarnada en mi persona. Anduvimos un trecho largo y por fin llegamos al número 338. Era un edificio grande. Supe más tarde que era un centro recreativo y social de las personas sordomudas. Me llevaron ahí para que me enseñaran la lengua de signos, que es lo que sabía la señora. Y ahí tuve mi primer encuentro serio con la gente del lugar, fuera de los gestos amables de la gente de la calle. También ahí dije lo que supe, respondiendo a mil preguntas para saber si daba la talla en aquella tarea. Les dije que tenía ganas.

Aquella misma hora me llevaron a una sala pequeña en la que había el abecedario con todos los signos que representaban cada una de las letras. Les dije que me llamaba Ana Matzen Biachó. Así se lo trasmitieron a la mujer con la que iba a vivir, y sonrió. Por el gesto que hizo con la cabeza, entendí que ya lo sabía. Ella se llamaba Cintia Farrés Gullón. Cuando me enfrenté al reto del aprendizaje de la lengua de signos, supe que había un abecedario español y otro catalán. Parecían tan iguales que no sabía por qué había dos. Me estarían informando para que eligiera. Sin embargo, no había viajado de la manera en que lo hice para meterme ahí en problemas de mayores, así que dije que lo que era importante era entenderme con Cintia, porque íbamos a tener mucho de qué hablar. Me escucharon y asintieron, sin referirse a la versión que hablaba ella. Más tarde supondría por mi cuenta que habría un gran agujero por donde se colarían las similitudes entre las dos. Terminada aquella parte importante, salimos de ahí pendientes de decidir si me matricularían en una escuela de sordomudos, como si fuera una niña que padeciera de aquella limitación, o asistiría a una escuela convencional. Cuando se lo preguntaron a Cintia, dijo que yo iría a una escuela a la que se iba hacia atrás, señalando con la mano. Las clases para entenderme con ella serían otras. Y así fue.

Aquel mismo día supe que la calle con árboles a los dos lados por la que había subido el tranvía era el Paseo de Gràcia, y que cuando nos apeamos, nos dirigíamos al barrio de Gràcia, que era donde Cintia tenía la casa. Y que desde la calle en que estaba su casa, fuimos casi en línea recta al centro recreativo. En la escuela elegida por Cintia, supuse que no hubo lío en si me escolarizaría en catalán porque yo ya había venido sabiendo leer y escribir, además de que yo era una pequeña forastera que volvería al sitio de nacimiento con toda probabilidad. Así que me escolaricé en español. Así que no tuve que hacer ninguna aclimatación, como me enteré más tarde que hacían con niñas como yo. Aquella se iría produciendo.

Eso sí, me hicieron un examen para certificar mi nivel, vieron que merecía un curso superior y tomaron nota. Además de eso, debía enfrentarme a la lengua de signos. Incluso si no lo aprendía, estaría retrasando la posibilidad de expresar mis gustos y la oportunidad de enterarme tanto de quién era Cintia y de la relación que tenía con los que me habían parido, pues ya sabía que las mujeres blancas no daban a luz a niñas negras. Francamente, no sabría lo que hubiera hecho, o lo que hubiera pasado, si hubiera creído que Cintia era mi madre. Ahí me acordé de Ángela Cañas.

¿Verdad que dije que me escolaricé en español? Si no lo hubiera hecho, no hubieran podido evaluarme para saber si venía con atraso o merecía, como así acabó siendo, un nivel superior al que decían mis papeles. Incluso, y lo diré, superior al que me pusieron. El hecho de que rescato este pensamiento es que creo que no es un asunto baladí, y tiene que ver con mucha gente de España que llegaba a Barcelona con sus maletas de madera. Estos hubieran querido afirmar que tenían los mismos derechos que los que tenían puestos en los mercados a los que íbamos, que hablaban el catalán. Y esa gente creía que la reclamación de estos derechos pasaba por que los catalanes dejaran de hablar su lengua para pasar desapercibidos, en vez de hacer ellos el esfuerzo de aprender esa lengua. Veía ahí mala intención, o la intención de robar. Si alguien no se lo cree, deberá preguntarse por qué pueden imponerse los nombres de las tiendas o de las calles en otra lengua que no fuera el catalán, si era la lengua de la gente. Esto me hizo preguntar si había catalanes en Guinea. Cuando descubrí que sí, y muchos, pensé que pudo haber ocurrido que no hubieran querido plantear esta cuestión antes de poner su pie en Santa Isabel, pues yo hubiera sabido que al venir al barrio de Cintia empezaría la escuela en lengua catalana. En mi caso no pude elegir, pero supe que los *gegants* y *els castellers* no hubieran existido si hubieran estado en manos de los que llegaron al barrio, o a Barcelona, con sus maletas de madera. Y hubiera sido, de verdad, una desgracia.

A la escuela iba por la mañana, después a casa a comer, y por la tarde acompañaba a Cintia al centro recreativo. En la clase había niños sordomudos, así que recibí unas clases como si fuera una sordomuda de verdad. Yo lo veía emocionante, como si estuviera escalando una montaña llena de atractivos. En alguna clase estuvo Cintia, supongo que tomando notas para asegurarse de mi progreso. Fue más tarde que supe que había puntos de vista diferentes sobre cómo debía ser aquella forma de comunicarse.

Algunos creían que debía ser con gestos con las manos y con el cuerpo, mientras otros, gente extranjera y muy influyente, sostenían que la manera óptima para comunicarse con las personas como Cintia era moviendo la boca, aunque de la misma no saliera sonido alguno. Incluso se había discutido aquel asunto en el extranjero. Sin embargo, antes de que cualquiera se viera obligado a elegir, o antes de imponerse, se debería señalar que, si solo nos comunicáramos con los sordomudos con la boca, no aprenderían a escribir o dictar frases cortas a nadie, pues todo aquello se hacía con los dedos. Me hubiera gustado escuchar la última opinión de quienes creían que hablar con los labios era mejor. Entonces, diría que la lengua de signos es un conjunto de aptitudes. Un día le dije a Cintia que había surgido aquel pensamiento porque en la tierra de los blancos nadie se subía a los árboles, o que los de ahí no eran altos. Se rio mucho.

Uno de los primeros días Cintia me llevó al mercado. En Gràcia había dos. Ahí aprendí los nombres de cosas que me sonaban y otras que no había visto nunca, que era casi todo. Sus nombres los podía ver escritos o los escuchaba cuando los pronunciaban. Tampoco me hice un lío, porque todo era desconocido para mí. Leía *enciam*, *pastanaga*, *albergínia*, *pebrot*... y lo apuntaba todo.

Ya luego lo asociaba cuando alguno venía a comprar y decía berenjena, pimiento o zanahoria. Si pedían en español, pues serían sus nombres en español, y si era en catalán, todo encajaba. Nadie me lo dijo, pero supe que, en aquellos años, muchos españoles llegaban a Barcelona con sus maletas de madera. Estos hablaban en español en cualquier mercado en que estuvieran. También visitábamos la zona de los pescados y carnes. Era una novedad constante. Diría que todo lo relacionado con la comida lo aprendí en España. Los mercados me gustaban mucho, tenía la sensación de que era rica, que tenía muchas opciones. Siempre creí que, al criarme como huérfana, y siendo tal, y también los niños, tenía un asunto pendiente con las cosas de comer, aunque no hubiera pasado hambre. Yo sé que un niño que estuviera en un orfanato cree que puede quedarse sin comida. Es la desconfianza en quien te está criando la que te hace pensar que cualquier día te podría dejar sin comer. Con aquel asunto conocí el valor de una madre, más allá de si hubiera comida o no.

Cuando salíamos de casa en los días sucesivos, me extrañaba que aquella parte de la ciudad no tuviera negros. No se veían. O apenas pasaban por ahí. Así, después de la primera vez que vimos uno, le preguntaba a Cintia quién era. Y me decía que no sabía, que era alguien que iba a lo suyo. Yo no consideraba normal que no supieran nada de las personas de la ciudad. Creí que, como mínimo, debería saber los que podrían ser de otro sitio. Así que preguntaba cada vez. Y como no cejé en aquella conducta, cuando mis conocimientos en la lengua en la que nos comunicábamos mejoraron, volví a hacerle la pregunta y me dijo lo mismo. Sin embargo, más tarde me dijo que apuntara cada negro que viera en cualquier sitio para hacer un almanaque.

—¿Almanaque? —pregunté.

—Sí. Un año, doce meses. Un mes, un negro. O un mes, dos negros. O un mes, una negra, un negro. Tienes que preguntar sus nombres.

—¿Eso es lo que se llama almanaque?

—Sí.

—¿Pero lo hacéis con negros?

—No, lo hacemos con santos.

—¿Santos?

—Hombres que han muerto y están arriba, con Dios.

—¡Entonces tengo que esperar a que mueran los negros para hacer el almanaque! —grité, aparcando por aquel instante la lengua de signos.

—También es buena idea.

—No, no. La idea del almanaque está bien, veré cómo lo hago.

—Todo dependerá de lo que diga tu papá.

—¿Mi papá?, ¿conoces a mi papá?

—No. Todavía no, pero vendrá.

—Entonces ya veremos.

Creo que fue la primera vez que alguien me hablaba de mi papá. Y tuve una sensación extraña, como si hubiera estado en una plaza a oscuras y llegara alguien y encendiera todas las luces y todos me vieran. Imagina que hubiera estado haciendo algo que no se debiera hacer ahí; con aquella luz inesperada, todo se revelaría. También tuve una ligera sensación de haberme quemado. Supuse, cuando llegué a la edad de suponer, que me sofocaría. Y todo por la mención del padre. En todo caso, lo que no tenía que haber pasado ya pasó, así que cualquier papá que apareciera no me dispensaría de hacer un almanaque. Eso lo dije posteriormente. Mi vida siguió, tenía que ir avanzando en la lengua de signos y no descuidar la escuela. En esta no había niñas negras. Niños tampoco. Si algún día viera a alguno de los que recibieron la primera comunión conmigo me alegraría. Incluso hubiera sido capaz de decir que aquella comunión sería la primera, pero fue un ensayo, algo que hicieron porque aquel barco se podía hundir. Pero la realidad no funciona así. Así que me resigné. Pero no me había olvidado de la idea del almanaque. Un santo negro, un mes. Dos santas, otro, así. Estaba viviendo en Gràcia sin recordar ningún nombre de los hombres de Santa Isabel, salvo el de los niños. No sé si aquello era normal. Ah, Cintia me había asegurado que vendría mi papá. Lo dijo creyendo que influiría en el calendario que yo elaborara.

Tenía que hacer dos cosas obligatorias, así que los pensamientos sobre mis orígenes no siempre secuestraban mi atención. Eso sí, no me olvidé de que, sin saber quién era, mi padre vendría, tarde o temprano. Y no podía dejarme indiferente. Eso sí, no sabía de dónde vendría, porque nunca nadie me había hablado de él. Por ahora, debía encontrar los primeros nombres para empezar el calendario. En aquello estaba hasta que descubrí que, en mi barrio, y durante algunas fiestas, en concreto la fiesta mayor, sacaban a la calle *els gegants*, los gigantes. ¡Ooh!, no sabía que la gente tenía algo así guardado en casa. ¿Y cómo lo mueven?, ¿quién está dentro?, ¿cuánta gente? Me emocionaba cada vez que salían durante la fiesta mayor, en la que las calles se engalanaban y todo el mundo salía a ver las decoraciones de cada calle. Mi entusiasmo alcanzó su punto más alto cuando descubrí *els castellers*. Si los gigantes eran enormes, y desataban toda mi imaginación, lo que vino con el descubrimiento posterior me llevó al éxtasis. Sobre *els gegants* lo preguntaba, deseaba e imaginaba todo. ¡No puede ser! ¡Ooh!, los ojos me iban de un sitio a otro boquiabierta. No podía moverme, estaba repleto de gente. Quizá por ello me emocionaba tanto.

Y así estaba, queriendo saberlo todo hasta que descubrí, en las mismas fechas, *els casteller*s y la música que los acompaña. ¿Cómo lo aprendieron?, ¿quién les dijo que lo hicieran? Además, aquella melodía, aquella maravilla, sacaba a la gente de la cama, ¿tenía letra?

—¿Tiene letra?, ¿esta canción tiene letra? —preguntaba.

Y aunque debía ser lo último que preguntara, porque todo era superlativo, no dejaba de insitir en ello cuando la emoción se tornaba lo suficientemente tibia para serenarme. No podía creer que aquella canción no tuviera letra. Muy pronto creí que *els castellers* eran las fiestas o la manera de jugar de *els gegants*. Entonces cada vez que coronaban un *castell*, mi imaginación se desataba y veía aquella montaña humana vestida como un *gegant*. Supuse que *gegants* y *castellers* debían ir juntos. Y volvía a la música y retomaba las mismas preguntas y el corazón se me aceleraba sin creer nada. ¿Dices que no tiene letra?, volvía a preguntar a tía Cintia. Al final descubrí que era el parentesco que nos unía, hasta que aparecieran mis padres. Volviendo a ese estado de ánimo de las fiestas mayores de Gràcia, no solo seguí preguntando por la letra de aquella canción inolvidable ejecutada con dos flautas y un tambor, sino que compuse una canción para ella, solo para mí. Más de una vez la canté para Cintia, acompañándola de lengua de signos. Se alegraba mucho de que me gustara tanto. Nuestro entusiasmo era tal que descubrí que sabía silbar, como escuché mientras realizaba algunas tareas. Fue cuando descubrí que podía captar ciertos sonidos agudos. Gracias a la música *dels castellers.*

Los meses iban corriendo y me afiancé tanto en el conocimiento de la lengua de signos, que quien no me conociera creería que era sordomuda de nacimiento. En aquellos años empezaba a recorrer el camino del trilingüismo. En poco tiempo estaría hablando español, catalán y lengua de signos. Fue cuando me di cuenta de la oportunidad, y saqué ventaja de ella, era un as que debía guardar en la manga. Por ejemplo, la gente podía ser antipática o apática, pero si se la enfrentaba con una discapacidad como la que suponía que tenía, se ablandaba y se prestaba a ayudar. Bueno, algunos se escapaban. Vivía así, dos clases por día hasta que en una de las fiestas mayores de Gràcia toda mi vida se iluminó, porque sacaron a *els gegants* y, en la Plaça de la Vila, actuaba una *colla de castellers*.

—¿Esta canción sigue careciendo de letra? —pregunté.

—La que compusiste estaba bien, créeme. Si la mejoras, puedes escribirla y entregarla a la *colla* —me dijo tía Cintia.

—¡Pero la canté en español! —dije.

—No parece que la cantaras en español, pero no importa. La traducirían enseguida.

—Entonces la cambiaré —dije, optimista.

Estábamos hablando, en serio o no, y en dos ocasiones una niña de mi edad rondó por mi lado. Me fijé y capté unas facciones que me resultaban familiares, era de una de las niñas con las que había hecho la primera comunión en el barco. Se llamaba Gilda.

—Te estaba mirando, te reconocí, pero no sabía que eras sordomuda —me dijo con cierta confusión y sin ningún tipo de gesto.

—No lo era, pero aquí puedo serlo. Mira Cintia, esta niña es de mi país. Vinimos juntas. Esta es tía Cintia. Vivimos cerca de aquí. Y tú, ¿con quién vives? —le pregunté.

—Vivimos en la calle Sant Pere Més Baix. Vinimos

en tranvía. En realidad, vivo con mi mamá en Via Júlia, pero pasé el fin de semana con mi papá.

—Ah.

—Sí. Yo no sabía que eras sordomuda.

—Ya te dije que no lo soy. Y si lo hubiera sido, entonces ya estoy curada, no te preocupes.

—Muy bien. ¿Te llamabas Valeria?

—No, Valerina es la mulata. Yo me llamo Ana Matzen.

—Ah, es verdad. Ana, Ana.

—¿Sabes?, me alegró encontrarte y espero volver a verte pronto. Yo quiero hacer un almanaque. ¿Sabes lo que es un almanaque?

—No.

—Tú eliges una persona cada mes y hablas de ella. Su nombre y lo que hace. Al final del año has hablado de doce personas. Yo quiero hacerlo de los negros que veo aquí. ¿Has visto a muchos negros por la calle?

—Ah. En la calle, no muchos. He visto algunos en la iglesia, pero no los conocía.

—¿Has ido a la iglesia con tu papá?

—Sí. A mi padre le gusta ir a la iglesia de Santa Anna. Está cerca de Plaça Catalunya.

—Ah, diré a tía Cintia que me lleve alguna vez.

—Me gustaría ver cómo queda tu almanaque.

—Te lo enseñaré cuando lo acabe. No he empezado todavía. Eres la primera negra conocida con la que hablo.

—¿También pondrás niños?

—Los pondré si sus padres quieren.

—Ponme en diciembre, es mi mes preferido. Es Navidad.

—Guardaré este mes para ti. ¿Cómo se llama tu papá?

—Samuel. Y mi mamá se llama Antonia Bosoka. Vivíamos en Sampaka.

—Ah. No conozco Sampaka.

—Adiós, me voy.

—Adiós, te volveré a ver.

La promesa que le hice a mi compañera de viaje, y luego amiga, la cumplí porque lo prometí, y por más cosas. Era amiga mía y se merecía aquel homenaje. Todo aquello lo maduré con otra edad. Cintia debía saber que mi interés en la gente parecida a mí era una cuestión vital, todo lo que tenía que ver con ello lo tomaba en serio, aunque algún viejo propósito fue aparcado o derivó en otro, alejado del principal. Aquel entusiasmo hizo que, cuando pudo, Cintia me llevara a la iglesia de Santa Anna, y ahí descubrimos que, más que iglesia, era un convento. No era un lugar cualquiera. Tampoco podía serlo, España atravesaba una situación difícil. Mucha gente que carecía de patrimonio, o no tenía ni había tenido un enganche sólido en el mundo laboral, se topaban con tantas dificultades para sobrevivir en sus entornos de origen que emigraban a las ciudades. Sin embargo, las dificultades eran generalizadas, y los recién llegados se sumaban a los menesterosos de las mismas ciudades. Y así, en las ciudades en las que todos querían ser acogidos desaparecieron las casas o habitaciones dignas y se las tuvieron que apañar como Dios les dio a entender. Y un buen día el barraquismo se hizo presente en la vida de Barcelona.

En la zona de Barceloneta, en los aledaños de El Prat, y en concreto en Montjuïc, aquellos desesperados levantaron precarios asentamientos que no tardaron en estar en el punto de mira del poder. Se decretó una lucha para erradicarlos, señalando la precariedad de las personas asentadas en aquellos sitios, acrecentando el número de menesterosos. En las mismas fechas el poder quiso tomar aquella sartén por el mango y mandó a habilitar el antiguo Pabellón de las Misiones, en Montjuïc, para alejarlos de la exposición pública. Mi pobre amiga había tenido un poco de mala suerte, ojalá aquella época no hubiera afectado a sus dos progenitores. Su mamá era bubi, como me dijo, pero Samuel era un nigeriano que había sido traído de Guinea como *boy*. No supe qué había salido mal y cuándo fue que se separó de su mujer,

Antonia Bosoka. Sin embargo, Samuel perdió a su jefe, o fue despedido, y entró así en esa lista de la precariedad. Cuando se hacía visitar por su hija todos los domingos y fiestas y acudían a la misa en la iglesia de Santa Anna, no era tanto por ningún fervor religioso, o no solo por ello, sino que iba acompañado de su pequeña para despertar la piedad del clero. Y no era el único que se acogía a los beneficios de aquella piedad. Pasaba que, como antaño, se hacía acompañar de su pequeña hija. Samuel no se entregó al desaseo jamás, esfuerzo personal necesario para no adquirir el billete para ser internado en aquel pabellón, el de las misiones.

Tampoco sabría decir si Gilda conocía el verdadero estado de su papá. Si aquel hombre nacido en Nigeria hubiera perdido la casa de Sant Pere Més Baix, no habría podido acoger a su hija durante los fines de semana. Solo se serviría de ella para mendigar, aunque cuidando que las huellas de la indigencia no se vieran, y así no llamar la atención de los represores de la misma. Si hubiera sido verdad, la complicidad de la hija la habría comprado para camuflar la situación real. Como yo la desconocía, no vi nada raro en el hecho de que no me sonara la persona que la acompañó al barrio de Gràcia para disfrutar de la fiesta mayor. Si hubiera sido una mamá negra, que sería Antonia Bosoka, o un papá negro, Samuel, y los hubiera visto, hubrían inaugurado mi calendario. Ya saben, cada vez que uno se calla, confiere el beneficio de la duda a todos los que están pendientes del verdadero problema. Por alguna razón me sentía en una posición de ayudar a Gilda si hubiera detectado cualquier signo de que no lo estaba pasando bien. Eso sí, ni yo misma estaba segura del origen de aquella sensación de poder. Debían de ser esas ansias soterradas de echarlo todo abajo para que nada quedara oculto.

Me hice, de manera mental, de la *colla de castellers* del barrio y me incorporé a *els gegants*. Dos flautas y un tambor se bastaban para levantar a cualquiera de la cama y que buscara el origen de aquellos inmemoriales redobles y viera la marea humana que aupaba aquellos ¡oh!, ¡uh!, ¡hurra!, gritos genuinos de unas emociones incontenibles. Ya dije que si hubiera tenido tiempo de participar en una *colla* hubiera elegido ser flautista o tamborista. Y si subiera a la cima del *castell*, como la *enxaneta*, la niña que la coronaba, vería todas las bocas abiertas de todos los presentes. *Els castellers* quedaron siempre dentro de mí. Iba yo a la escuela de mi barrio cuando empecé a escuchar las historias familiares y se hizo necesario que, un día, preguntara quiénes eran mis padres. No tenía mucho sentido que pudiera decir dos o tres cosas de la situación de los padres de Gilda y nadie pudiera decir nada de la de los míos porque yo no sabía nada de ellos. Como no era oficial, debía llegar el día en que me pusiera ante quien fuera, y dijera algo de mis padres. Podía ser muy normal la costumbre de que hubiera niños huérfanos, pero no que tuvieran que mostrarse a tan temprana edad. Son historias que quedan bien cuando los huérfanos ya son adultos, o ya están muertos y se habla de ellos.

Supuse que, a Cintia, la tía forzada, debía parecerle necesario que yo tuviera aquellos sentimientos, sería la primera en desear que el presente fuera mejor. Buscando razones para justificar el silencio de todos, decía que era una mujer que no había tenido una vida fácil, padecía una sordomudez cuyos orígenes no podía precisar. En todo caso, era una persona mayor, y podía sobreponerse y aliviar la carga que yo tenía por mis orígenes desconocidos. Felices de habernos encontrado, estábamos pendientes de cualquier hecho que supusiera una aclaración a lo que rodeaba nuestra existencia bien avenida.

Al poco descubrí que, en la pared, en un punto en que no podía leer todas las letras, había una orla colgada, y uno de los retratos parecía el de una persona negra.

Cualquiera supondría que faltaría leer un nombre sospechoso, Matzen o Biachó, para que la mitad de las piezas de aquel jeroglífico se resolviera. Si fuera, por ejemplo, un Matzen, sería el compañero de carrera con el que se estableció una amistad tan grande que permitió el hospedaje. Y si era una Biachó, sería una compañera de los años de noviciado, y ya se encargaría el destino de componer la historia de dos novicias que acabaron siendo sordomuda y madre, respectivamente.

Pero aquella liebre no saltó. No alcanzaba a leer los nombres. Ni me molesté en buscar una escalera con que alcanzar aquella altura, así que el misterio siguió. Era una verdad que habitaba en las manos de Cintia. Si no la dejaba volar, entonces no sería tal. Tuve que esperar varios meses para que me dijera la relación que tenía con la Guinea. No hubiera encontrado a nadie con la capacidad de imaginar aquella historia. En una conversación que duró bastante, me dijo que esa relación empezó con dos abuelos suyos, el mismo abuelo y un hermano suyo. Ambos vivían en una población del Berguedà y se sumaron a una gente minera que había abrazado la vehemencia de la revolución comunista y pretendía derrocar la Segunda República. Imaginen el jaleo que armaron, sembrando caos y destrucción en aquella comarca, que aquellos hechos pasaron a tomar el nombre de los *Fets de Fígols*. Un suceso cargado de estupidez. Poco sentido tenía que ese nuevo gobierno etiquetado de progresista respondiera con aquella violencia. Sin embargo, cinco días estuvieron metidos en aquellas reyertas hasta que el ejército entró y pacificó la zona. Y para que aquellos mineros anarquistas, comunistas aparte, recapacitaran, fueron masivamente deportados a diversas localizaciones. Los que tuvieron la peor suerte fueron a dar con sus huesos en la Guinea nuestra, entre ellos, los dos abuelos de Cintia.

¿No es una historia inesperada, aparte de traumática? Abrí así la boca cuando Cintia me lo contó. Supuse que volverían de aquel destierro y hablarían de lo que habían visto. Cintia me dijo que desde que lo supo, entendió que cualquier lugar desconocido podía definir el destino de cualquiera, así que se empeñó en conocer todo lo que pudiera de aquel sitio. E imaginé que, claro, con aquellos sentimientos, se informaría de que vivía en el orfanato e iría a adoptarme. No dije nada. Y como se hacía con cualquier información, por más insignificante que fuera, encontró todo sobre el inesperado sitio que definió su destino. Ni le pregunté si alguno de aquellos abuelos murió en aquel destierro. Tampoco sería nada fuera de lo normal, juzgando por lo que supe después. Para mostrarme ese interés por Guinea, se levantó y trajo un ejemplar de la revista *El Feriario*, de 1942.

—Mira lo que pone ahí. ¿Sabes algo de eso?, ¿sabes quiénes son? —me preguntó.

Lo cogí, puse mis ojos encima, como diría una niña fernandina, y leí lo que ponía a los pies de las fotografías. En todas había los mismos hombres, vestidos de la misma manera, con lanzas o bastones, en actitud firme.

—Ya lo pone, son pamues —respondí.

—¿Los conoces?

—Gente que viene del continente. Oí que hablaban de ellos, pero en nuestro colegio estudiábamos geografía española. Pero son pamues. ¿Por qué están ahí?

—Los que mandaban quisieron que los conociéramos.

—¿Pero como gente de Guinea o por el amor que sienten por los pamues? En Santa Isabel no nos vestíamos así.

—Ya lo sé. Por eso los trajeron.

—¿Los trajeron por su forma de vestir?

—Para que los españoles, nosotros, conociéramos cómo se vive en Guinea. Era una feria en la que había otras cosas de vuestro país. La feria se hizo en Valencia —respondió.

—¡Ooh! ¿Y fuiste a Valencia?

—La primera vez, sí.

—¿Y por qué solamente llevaron a los pamues? En nuestro colegio no sabíamos de ellos. Tampoco nos vestíamos así.

—Llevaron a los pamues porque es lo que querían representar. Las otras tribus de Guinea no les interesaban para su propósito.

—¿Y cuál es el propósito? Bueno, querrían engañar a los españoles, ¿no?

—El propósito es mostrar que todos los guineanos son como los pamues.

—Entonces os quisieron engañar.

—Saben que muchos no saben nada de Guinea.

—Pero, ¿por qué os han querido enseñar una sola parte?

—Porque querían lanzar un mensaje.

—¿Qué tipo de mensaje?

—Que los negros de Guinea son así, y un día van a vestirse mejor.

—¿Es el mensaje que quieren dar cuando muestran solamente a los pamues?; ¿que un día vamos a vestirnos mejor?

—Es uno de los mensajes que quieren dar, sí.

—¿Crees que no hay otra intención? Dijiste que podría haber otra.

—Lo que sé de verdad es que cuando los que gobiernan

quieren llevar algo a cabo, lo hacen, y muchas veces necesitan una justificación. Y esto no solamente lo han hecho con Guinea, sino con zonas de esta España. Cerca de Portugal, en Extremadura, al norte de la provincia de Cáceres, se encuentra Las Hurdes. Un día te llevaré allí. En la prensa, hace tiempo, aparecieron unos reportajes sobre la calamitosa situación tanto de Fernando Poo como de Las Hurdes, sin que pareciera que viniera a cuento. Para ambos representaba la justificación de lo que harían después, unos proyectos de explotación de sus recursos. Incluso coincidió en que, en los reportajes, se hablaba de la idoneidad de que se deportara a los indeseables a ambos sitios, Las Hurdes y Guinea, cosa que no tardaron en hacer, siendo víctimas mis dos abuelos.

—Ooh, se ve que todo está planeado. Entonces en el caso de Guinea, ¿saben ya que no solamente hay pamues?

—Los que tienen poder ya lo saben. Los que no han oído hablar de Guinea no lo sabrán jamás.

—Iba a preguntarte otra cosa, pero qué hay en Las Hurdes que hace que sea un mal lugar.

—Es un lugar montañoso, húmedo y algo alejado del foco de los que mandan. Esto hace que los habitantes que han estado ahí creyeran mucho en sus cosas. Como ocurriría con los pamues.

—Y ¿cuándo se arreglarán las cosas allá? —no podía dejar de preguntar.

—Tardará, tardará.

—Ooh, creo que eso de deportar... ¿Qué es deportar exactamente? —yo seguía.

—Echar a alguien de su tierra o país y llevarlo a otro como castigo. Alejarlo de sus familiares y de su vida habitual. Es una forma de meterle a alguien en la cárcel. Muchas deportaciones implican la realización de trabajos forzosos. Y si el país no tiene buenas autoridades, de este trabajo se aprovechan los poderosos.

—¿Y por qué se envía a los malvados o castigados a Las Hurdes o a Guinea?

—Porque entienden que en estos sitios se vive mal —sentenció Cintia.

—Entonces, ¿los españoles que han visto a los pamues creen que ellos viven mal?

—A ojos de los españoles, sí. También se vive mal en Fernando Poo. Así lo mostraron en los reportajes.

—Pero no todo lo que han dicho es verdad.

—Lo sé. También han hecho allá fotos de otros que no son pamues y las han mostrado.

—¿Quiénes son estos que no son pamues?

—Pues otros que no son pamues, que los hay, ¿no?

—¿Dijiste que un día me llevarás a Las Hurdes o a Cáceres?

—Donde te guste más.

—Pero ¿por qué quieres que conozca Cáceres o Las Hurdes? —indagué.

—Por tres razones que un día descubrirás por tu cuenta.

—Cuando estés preparada, iremos. Ahora quiero preguntar una cosa, aunque no sé si ya lo he hecho; ¿quién de aquí conoce realmente a los que no lo pasan mal en Guinea? O a los que no se visten como los pamues.

—Algunos. Mira.

Fue cuando se levantó y volvió con dos ejemplares de la revista Estampa. Y eché un vistazo. En la primera había una entrevista al que sería el primer abogado negro de España. ¡El primer abogado! Cintia sabía que me daban mil vueltas los ojos. En la revista había una entrevista sobre su vida, sus esfuerzos y sobre su porvenir. Uno de ellos estaba vestido como los dos españoles que le acompañaban, el reportero que le preguntaba mientras caminaba con otro español, del que dijeron que era civilista, por una calle famosa de Barcelona. El nombre del entrevistado: Teófilo Jorge Dougan Kinson.

—Una de las primeras espadas, ¿eh? Eso se dice cuando uno es pionero en algo. Los primeros en hacer algo dentro de su grupo, o los que destacan dentro de un colectivo. ¿Te acuerdas de tu almanaque? Pues ya tienes el primer nombre.

—¡Ooh!, ¿dónde vive?

—Donde la gente de su clase, en extramuros.

—¿Dónde está extramuros?

—En extramuros se dice, un poco en serio, que viven los que tienen tanto dinero que se aburren dentro de los muros de la ciudad. Sin embargo, antes, vivir dentro de los muros era un signo de poder económico.

—¿Entonces este Teófilo Jorge tiene mucho dinero?

—Sin duda alguna, o él, o el padre o la madre.

—¡Ooh! Entonces vuestros jefes os han querido engañar, ahora lo veo claro. ¿Por qué no fueron a la feria?

—No se dejaban. No todos se dejan llevar a una feria así por así.

—Ah, entiendo, ninguno de los que ha salido en aquellos reportajes puede estudiar en la universidad.

—Has sacado conclusiones algo precipitadas.

—¿Entonces crees que pueden estudiar? ¿Crees que los pamues pueden estudiar en la universidad donde estudió el abogado?

—Tal como se vieron en la feria, no.

—¿Para poder estudiar deben dejar de ser pamues?

—Algo así.

—Entonces, nadie de Las Hurdes ha ido a la universidad.

—De nuevo has sacado conclusiones muy pronto, pero es probable que la gente de Las Hurdes no pueda estudiar en la universidad. De hecho, no hay universidades en Las Hurdes.

—Me gustaría saber por qué me querías llevar allí.

—Ya te dije que lo sabrás un día por tu cuenta. Mira la otra revista, ya verás.

Al hacerlo, no pude ocultar mi emoción. Dos mujeres, que parecían jóvenes, muy guapas y elegantes, estaban juntas. Tenían, ambas, una raya en el pelo, en el lado izquierdo. Y el pie de foto era claro: Victoria Ivina Bondjale y Gertrudis Davies de Granje en el patio de la Universidad de Valencia, donde estudiaban Medicina y Farmacia. Me llevé las manos a la boca. Estaban radiantes, era la primera vez que me informaban de que las mujeres podían estudiar. También era cierto que aún era una niña, pero en los cuentos que leíamos, o que nos contaban, jamás salían mujeres que pudieran curar a nadie.

En otra foto, las mismas señoritas con Ricardo Barleycorn, también estudiante de Medicina. De repente me encontré con un poderoso material para el almanaque; gente de una envergadura que jamás hubiera soñado.

Por primera vez quizá había pecado de algo que no sabía. Modestia, pretensión o ignorancia. Sin embargo, había algunas cosas que empezaba a entender: no cualquiera iría a una feria, a cualquier feria. Miré, las remiré, di vuelta a las revistas y volví a las mismas fotos y las anclé en la memoria para el almanaque. Estaba exultante, y llena de dudas.

—¿Dónde están los muros de la ciudad? Me gustaría ver quiénes están dentro del muro y quiénes fuera —le pregunté.

—Las murallas se derribaron hace muchos años. Gràcia era extramuros, pero no precisamente porque sus habitantes fueran ricos. Podríamos decir que cuando se construyó Gràcia, sus habitantes pasaron a ser más ricos que los que quedaron dentro del muro, aunque sea el imaginario. Ahora los que viven en el verdadero extramuros no regresarían a su interior por nada, aunque se volviera a construir. Tampoco residen en Gràcia, sino en las partes más altas de la ciudad. Hacen como en la antigüedad, los que pueden se alejan de las posibles invasiones por mar.

—Ah —dije—.

Lo guardaba todo en el corazón, esperando comprenderlo cuando llegara el momento. Y no se me escapó la promesa hecha, más de una vez recordada, de llevarme a Cáceres o a Las Hurdes. Ya por mi cuenta me había hecho una idea de lo que sería Las Hurdes, un sitio apartado, húmedo, sombrío, lleno de alimañas y sembrado, por ello, de peligros. Aquella insistencia bienintencionada me hacía pensar que podría no ser buena idea ir allá con una persona muda, no vaya a ocurrir que cuando los murciélagos nos persiguieran, todas las palabras que gritara para pedir socorro se le quedaran aprisionadas en la boca. Más tarde pensé que no estaba muy segura de que en España hubiera aquellos bichos alados.

IV

Seguí con mi vida y con todas las incertidumbres en la espalda, sin más. No me topé con más negros, o si vi alguno no me di ni cuenta. Tenía una vida tranquila, lejos de cualquier ajetreo o viaje, tampoco era dueña de nada, ni siquiera del tiempo. Iba a la escuela, volvía, comía y por la tarde, seguía con las clases de lengua de signos en el número 338 de la calle Nápoles. Ahora creo que esta forma de comunicación puede llevar perfectamente la etiqueta de infinita. Nadie puede decir que terminó su periodo de formación, sobre todo si no ha nacido sordomuda. ¿O es al revés? Por mi parte, hice grandes progresos, tantos para saber que los gestos son para comunicarse, y que puede ocurrir que en una no haya una coincidencia de estos gestos para referirse a una misma acción. Para dirimir aquella cuestión no hacía falta ir al extranjero para escuchar los diferentes puntos de vista.

¿A qué no hay que ir a Las Hurdes para decir a sus habitantes cómo se habla? Por alguna razón me costó un poco quitarme de la cabeza aquella región. Claro, debía ser que era lo más parecido a mi país. Era montañoso, sombrío y húmedo, y vivían en la pobreza, según todo lo que me dijo tía Cintia; estaba infestado, según creí, de murciélagos. Empecé a entender que no había sido buena idea la estadía en aquel internado. Poco aprendí del entorno. Por ejemplo, no sabía nada de lo que rodeaba la vida de Linsin.

Tampoco había tenido ninguna elección, alguien lo había decidido así, y esto me condenó a ser una persona destinada a hacer preguntas. O a sospechar de todo lo que oyera, pues detrás de la mayor nimiedad podía estar escondida la clave de aquellas preguntas y de esa parte que ignoraba de mí. Una niña normal hace muchas preguntas sobre la vida. Una niña con una situación anómala tiene que hacer muchísimas más. Y una niña a la que han arrastrado a otro territorio en el que no conoce a nadie tiene que hacer el doble de muchísimas. Y está claro, no concurrían en mi vida circunstancias por las que pudiera decir que alguna vez me sentiría normal. Todas las anteriores se coronaban con el hecho de que la persona que me podía ayudar a despejar aquellas tormentas vitales era una mujer desconocida y sordomuda. Ni sabía cómo llegué a ella. Lo debía suponer. Yo creo que, si hubiera tenido aquella efervescencia en la cabeza, sería una niña delgadita, pues toda la comida que ingiriera saldría por un tubo chiquitito que se desvía del estómago y desemboca detrás de la rodilla. Qué asco, ¿verdad? Pues así iba cumpliendo mis años.

Trazaba el periplo vital que me conducía delante de un *casteller* de cuatro pisos, o más. Con un origen no siempre claro. A propósito, ¿se debería decir a los niños dónde nacieron, al margen de que se consignara en un papel? A lo que iba: nací donde ya dije, luego me llevaron a un orfanato de Santa Isabel, crecí saltando a la comba con Valerina, siendo mirada por Linsin, y luego al barco, donde recibí la primera comunión. Ese buque que hizo amarre en una de las Canarias para que los comerciantes bajaran con sus sacos de dinero, y se aceitó la máquina para rendir las cuentas en Bilbao. Por alguna razón desconocida, el tren entró en Francia, y ahí tomamos otro que me dejó delante de la exigua orquesta *dels castellers*, en Gràcia. Elegiría la flauta, dije, pero antes, la sorpresa de aprender la lengua de signos para hacerme entender: el mayor desafío al que me he enfrentado. Si nací en Santa Isabel, es porque… No, nací en… Ya lo dije arriba. En aquellos años ni sabía quién era, ni de quién era hija, y tenía a una sola persona en el mundo, una sordomuda llamada Cintia.

Durante unas navidades, recibimos un sobre de estos que algunos reciben durante las fechas navideñas. Venía a nombre de Cintia, dentro había un tapete bonito, también una postal con un escrito: La Casa de la Guinea Española felicita las Navidades y un venturoso Año Nuevo a Doña Cintia Farrés y a la señorita Ana Matzen. ¡¿Cómo?! Además, aquel tapete tenía un reverso con una dedicatoria hecha con hilos que rezaba: Cortesía de la Comunidad Fernandina de España. Y debajo, un esbozo de un mapa de España con puntos en diferentes lugares. Luego de alabar la belleza del regalo, recurrimos al sobre:

Casa de la Guinea Española

Calle Condal, n.º 32, Barcelona

Lo repasamos todo y, en la tarjeta de felicitación, nos topamos con el dibujo de una escultura, en letra pequeña ponía: Mujer africana, escultura en bronce de Tarsicio Ondo. Aún temblaba por aquella referencia. Un desconocido sabía dónde estábamos. Seguía siendo una niña, pero ya sabía hablar dos lenguas. Sin embargo, de la institución que nos había enviado las felicitaciones no había oído nada hasta la fecha. Así que en algún sitio alguien debía saber de mi interés en conocer a gente que pudiera descifrar mi origen. Era evidente que mis deseos habían sido escuchados, pero no podía sospechar que vendrían de una institución con nombre y sede. Cintia ya podía empezar a darme todas las explicaciones que había guardado desde que llegué a su casa. Sin embargo, no dije nada, aquella vez no podía fallar. Ya sería demasiado raro, pensé, que no conociera la institución. Lo normal es que hubiera sido miembro, que siguiera siendo miembro.

El relato también era evidente: se empezó a interesar por Guinea a raíz del desenlace de los *Fets de Fígols*, con dos abuelos suyos desterrados. Así, leyó y guardó todas las revistas y periódicos que hablaran de Guinea, incluso de los pamues. Y siguiendo el rastro guineano, conoció la existencia de la Casa de la Guinea Española, y se hizo miembro. Si no, ¿a santo de qué aquella asociación conocería la dirección de una ciudadana anónima? Y como era una niña inocente, le pregunté a mi tía si sabía cómo aquellos señores tan bien organizados se habían enterado de nosotras. ¿Quiénes eran? Aquello era muchísimo más sencillo que hablar de la adopción.

—Tía, y ¿cómo saben que estoy aquí?

—Pues preguntando.

—¿Quién sabe que estoy aquí?

—Mucha gente, mucha gente.

—Dime uno.

—Por ejemplo, las monjas.

—¿Lo crees? —le pregunté con seriedad—.

—Las monjas no pueden dejar a un niño sin saber adónde lo van a llevar. Los orfanatos no son tiendas. Además, los niños, niñas como tú, tienen un nombre.

—¿Y cómo influye esto? —le volví a preguntar, esperaba que el interrogatorio no fuera un juego, ni algo acusatorio.

—Tu nombre deja rastro allá por donde pasa.

—Ah. ¿Siempre?, ¿siempre, siempre?

—Sí. Por ejemplo, el capitán del barco sabe que viniste a España.

—¿El capitán del barco conoce mi nombre?

—Sí. De hecho, muchas veces los nombres de todos los viajeros acaban en un periódico. Y en *La Guinea Española* viene siempre.

—¡Ooh! ¿Para qué?

—Para que se sepa que han viajado, supongo. Y así buscarlos si se pierden.

—¿Entonces quien me quisiera buscar me encontraría?

—Si saben dónde desembarcaste, podría.

—Tendría que ir casa por casa.

—Pues lo haría si no tuviera otra alternativa.

—¿Cómo? —no podía parar de preguntar.

—Hay varias formas. Piensa que las ciudades se construyen para que nadie se pierda en ellas.

—Entonces dime ¿cómo podría llegar a conocer esta casa?

—En tu caso, bastaría con que montaran aquí una *colla de castellers* seguida de una orquesta.

—Ah, me has engañado — sonreí—.

—¿Saldrías a verlo o no? No me digas que te quedarías encerrada en casa.

—Si quisiera esconderme de alguien, me quedaría dentro.

—Para esto hacen la lista de los viajeros.

—Pero las personas de Gràcia no viajan, entonces no hay ninguna lista para comprobar quién no está viendo *els castellers*. Debe de haber otra forma.

—Hay otras formas... Tú, por ejemplo, eres negra. Has nacido para ser una negra importante, pero eres negra —sentenció Cintia.

—Ah, ¿y esto cómo influye en la búsqueda?

—Si alguien estuviera haciendo un almanaque de las negras de esta calle, serías la primera, ¿sí o no?

—Sí.

—Entonces ya habría dado contigo.

—Pero tendría alguna razón para buscarme, ¿no?

—Las mismas razones, por ejemplo, para querer hacer un almanaque. Y no tendría las dificultades que tú tienes, tan solo sacaría su cédula y diría a quien tuviera delante que está obligado a darle la información. La excusa la puede dar más tarde o inventarla ahí mismo.

—Dime cuál podría ser la excusa.

—Podría ser: Mira, señora, del barco ha bajado una niña etíope que podría estar infectada con un virus extremadamente contagioso, el Nfulugeii, así que los agentes de salud pública queremos dar con ella de manera perentoria.

—El virus de Nfulugeii…

—Sí, lo tendría escrito en los papeles que llevara.

—Pero sería mentira.

—Sería verdad, porque ni conocemos a los agentes de salud pública ni estamos informados sobre el virus, así que no tendríamos ninguna autoridad para dudar. Es decir, si no puedes refutar una mentira, es verdad.

—Bueno, tienes razón. Hay una cosa que quiero saber. *La Guinea Española*, la revista, ¿la has leído?

—Sí, alguna vez.

—¿Y sabes de alguien que puede tener ejemplares de un mes antes de venir a España hasta ahora?

—Los claretianos, con total seguridad. O el archivo de la Casa de la Guinea Española. ¿Quieres leer todos los números publicados desde el mes y medio antes de tu empadronamiento en Gràcia?

—No es que quiera leer todos. Aunque si los tuviera, no dormiría. Tía Cintia, no sabía que estaba empadronada en Gràcia. Si lo hubiera sabido, no hubiera preguntado cómo podrían encontrarme.

—No podrías haber ido a la escuela si no te hubieras empadronado, primero. Respecto a lo otro, el hecho de que estuvieras empadronada no haría que fuera más fácil encontrarte, el que te estuviera buscando tampoco conocería el lugar preciso del empadronamiento. Además, si hubiera ánimo doloso, podrías empadronarte en un sitio e ir a vivir a otro. Bueno, digo con quien sea, el adulto que sea.

—¿Ánimo doloso?, ¿ánimo doloso?, ¿por qué te has querido molestar en utilizar esta expresión?

—En el lenguaje administrativo se emplean estos términos.

—Ah. Pero, ¿por qué?

—Para que los que no son funcionarios los tengan que aprender cuando quieran serlo, y así se distinguen de los demás.

—¿Solo por eso?

—Sí.

—Ah. Cuando vayamos a la Casa de la Guinea Española hemos de preguntar si tienen la colección suficiente de *La Guinea Española.*

—Entonces, ¿quieres ir a la Casa de la Guinea Española?

—¡Claro!, tenemos que agradecerles el regalo de Navidad, si lo hacemos por carta, pueden creer que hay ánimo doloso.

—Puede ser.

Y quedó todo pendiente; o la parte del hecho de haber recibido un sobre que contenía regalos de Navidad; la procedencia del escultor llamado Tarsicio Ondo y del hecho de que en aquella institución pudiera haber gente muy importante y viajada. Esa visita confirmaría que estaba rodeada de personas de mi color, o raza. Así que podría hacer, si todavía lo creía importante, el almanaque. Sin embargo, se estaba produciendo el cerco, y me producía malestar. Pretendía abordar el tema de cómo había acabado en su casa sin producir la sensación de que la estaba acusando de haberme secuestrado, o negado la posibilidad de conocer a mis padres. Así que no podía hacer visible aquel malestar, ella se había portado bien conmigo. Sin embargo, no sabía cómo había iniciado todo. Y yo empezaba a vivir aquel misterio como un drama, pero no quería visibilizarlo, entre nosotras no había secretos. Tampoco disponía de otro refugio mientras el drama se hacía visible. ¿Y si todo aquello había sido un cuento y Cintia el hada malvada? ¿Llegaría el príncipe, haría cualquier proeza, rompería el hechizo y desvelaría el misterio?

Con aquel pensamiento incendiándome la cabeza, me acordé de la vez que me dijo que vendría papá, lo que implicaba que ella no quería ocultarme nada, así que su silencio solo podría deberse al hecho de que tampoco sabía mucho. Pero vamos a ver, nena, cómo una mujer adulta va a desconocer cómo llegó una niña a su casa, viviendo ella sola. Y si me conformara con que ella tampoco sabía nada, así tampoco ocultaba nada, ¿podía deberse a que no siempre había vivido ahí? Pero eso qué tiene que ver, quien me recogió en la estación de tren fue ella, cierto que entregada por otra persona. A no ser que hubiera habido una confusión, y entonces, como un paquete, fui entregada a un destinatario equivocado y este destinatario no avisó del error. Pero el paquete fui yo, entregada a una mujer que padecía sordomudez, y parecía entusiasmada cuando me recibió. No pudo haberse equivocado. Estamos en el mismo punto, pendiente, en mi caso, de descubrir quiénes me conocían en la institución que tenía su sede en la calle Condal, n.º 32. Albergué la esperanza de conocer un poco más del escultor Tarsicio Ondo, un hombre llamado a ocupar un sitio importante en mi almanaque. ¿Era un pamue el tal Tarsicio? Entonces ocuparía un sitio por razón doble. Sería el primer pamue en tener aquel privilegio. A la vez, el primer artista que conocería.

Alguien debía estar rezando por mí, porque, salvo aquella gran duda, las cosas no habían salido mal. Tampoco contaba con un plan, algo impensable para la edad que tenía, más bien consideraba que había muchas razones para quejarme, sobre todo por lo que intuía que pasaba con la familia de Gilda. El papá era el asiduo de la Iglesia de Santa Anna, pero no por exceso de fe. Los rezos que por mí hacían llegaron en forma de palabra. No sabría decir qué niño malvado quiso hacerme daño, pero se mencionó lo de los niños expósitos. Era una práctica corriente en España. Después de comer, y chupando un pirulí, le pregunté a mi tía por los expósitos. Antes de seguir con este punto de la historia, me gustaría decir que en mi tiempo eran populares los pirulís, pero Cintia no quería que ocuparan el sitio de la comida, así que, si los tenía, me los racionaba. Prefería, además, que fueran más pequeños. Yo hacía mejor las tareas chupando un pirulí. Y como estamos hablando de comida, tengo que contar algo que me pasó una de las veces que fui con Cintia al mercado.

Aparte de ir de compras, me gustaba recorrer el mercado, saber cómo se llamaba lo expuesto y si se comía o no. Sin embargo, era una duda inadmisible, no debía haber en el mercado nada que no se pudiera comer. ¿De dónde venía la comida? No conocía ni la décima parte de lo expuesto en las mesas del mercado, así que preguntaba por casi todo. Y un día pasamos por delante de un puesto de aves y otras carnes y había un pollo desplumado y vaciado de su contenido. Pollo o gallina, daba igual. Y claro, como no lo había visto nunca, no sabía lo que era. Conocía los gallos coloridos que saltan a la valla e incordian con sus cantos, allá en Santa Isabel, pero no pensaba que se comieran. No sabía que, desplumados, se verían como lo que vi en el mercado, así que pregunté lo que era. La mayoría de las carnes no me gustaba tanto, era exagerado que se comiera según qué cosas. Algunas cosas de comer las veía amenazantes.

Fue en España donde descubrí que los cerdos se comían. Por ejemplo, los chorizos y longanizas me parecían amenazantes. Entonces seguía yendo al mercado, pero mi tía prefería darme de comer lo que fuera, sin decirme que era lo que había visto. Pero me seguían sin gustar las cosas de sabor fuerte, puag. Los quesos, por ejemplo, tenían para mí un sabor tan fuerte que llegué a creer que los venenos se vendían en Barcelona. Quesos, puag.

—¿Y esto? —pregunté.

—Un pollo —me dijo Cintia.

—¿El animal que canta por las mañanas?

—Él mismo. Y también canta por la madrugada, cuando y donde le da la gana.

—¡Ooh! ¿Y se comen?, ¿aquí coméis gallos?

—Sí, todo el mundo come gallos aquí. También se comen en el extranjero.

—Pues no creo que me guste. Y ¿cómo se come un gallo?, ¿se fríe?

—Se fríe, se guisa y también se asa sobre carbón. Lo tienes que probar, y quizá lo hayas comido sin saberlo.

—En el orfanato no comíamos gallos. Lo sé.

—Te creo. Y ¿qué comíais?

—No sé. Eh... Sé que desayunábamos Avena Quaker con buñuelos.

—Ah, ahora entiendo.

—Sí. ¿Hay aquí Avena Quaker?

—Sí, creo que sí. La que hay en Guinea viene de aquí. De hecho, de aquí salen los barcos.

Al hablar de comida, y de cómo tenía que acostumbrarme a ella, recuerdo un domingo en que fuimos al centro de sordomudos del que éramos miembros a celebrar una fecha importante. Con el tiempo fui descubriendo que cada colectivo tiene un santo patrón, así que el nuestro, el de los sordomudos, tenía el suyo. Bueno, tenían más de uno, pero de ello no dijeron nada aquella vez. También pudo ser que alguno de los compañeros de Cintia cumpliera, o celebrara cualquier cosa de su vida. Y en el patio trasero, hicieron fuego y se pusieron a asar carne y otros vegetales sobre hierros. La carne no la conocía, pudiendo ser estas cosas alargadas y amenazantes, y algún trozo de pollo. Vi cómo el aceite de aquella carne hervía, y qué olor, la verdad es que despertaba el apetito. Lo reconozco. Pero de los vegetales no conocía ninguno, y hubiera dicho que había unos atados a hierbas que asaban al calor del fuego. También había unas bolas con varias capas y una rama como un mango, que fue lo que asaron cuando el fuego era grande. Luego supe que las hierbas que estaban en ramos las llamaban *calçots*, o *calzotes*. Dime, ¿dónde está este signo en la lengua de signos?, decía cuando me lo pronunciaban.

Lo otro que había eran las alcachofas. Cuando las conocí, pensé que en Fernando Poo debía de haber cosas que se comían que no sabíamos.

—¿Qué es esto? —pregunté a Cintia.

—Esto es un *calçot*, son *calçots*, no *calzotes*.

—Cuando se ponga el signo correcto, lo pronunciaré bien. ¿Y esto redondo?

— Son alcachofas, *¡carxofes!*

—¡Ooh! Alcachofas —dije, medio suspirando.

—¿De dónde viene el suspiro?

—De mi sorpresa. Son hierbas, ¿verdad?

—Verás que te gustarán, son muy buenas. Y no todos los vegetales son hierbas.

Y aprendí que, cuando por alguna razón debíamos ir a comer a un sitio público y lo que había eran alcachofas y *calçots*, debía llevar mi comida preparada en casa. Y hacía grandes esfuerzos para que me gustaran, porque eran días en que pasaba hambre, porque parte del humo acababa en mi vientre y descubría el vacío que había en él. Era lo que yo sentía. Pero no lo conseguí. O quizá no fui a suficientes sesiones de degustación de vegetales.

—Prueba, te gustarán —me decía otro para animarme.

—Ya lo probé, y puse la salsa, pero no me supo a nada.

Y me fastidiaba y resignaba, y pensaba que a lo mejor era una broma que gastaban, y que luego vendría la comida de verdad. Sin embargo, ese *luego* nunca existió.

—Pero, ¿cómo sabéis que se comen? —y miré a Cintia.

—Vienen de nuestras tradiciones, de nuestros abuelos.

—¿Estos abuelos no tenían otra comida?, ¿eran pobres?

—Tenían otra comida, pero también esta. Te tienes que acostumbrar. Si no, pasarás hambre.

—Comeré las cosas sencillas.

—Sencillas... Nadie puede sobrevivir con buñuelos y Avena Quaker.

—Jeje, pescado frito con pan. Arroz con pescado.

Hablábamos de comida en aquellos términos cuando, chupando mi pirulí, le pregunté a mi tía Cintia qué era aquello de los expósitos.

—Son los niños que han sido entregados de forma anónima por su mamá en una institución y son luego educados en sitios llamados hospicios.

—¡Ooh! ¿Entonces son como niños de orfanato? ¿Un hospicio es como un orfanato? Yo lo quiero saber.

—Son algo parecidos, pero no iguales.

—¿Dices que un hospicio no es un orfanato?

—Mira, los niños acogidos en un hospicio se han entregado de manera anónima. Los encargados no saben quién lo ha dejado allá, pero saben que la madre no ha querido que se sepa su identidad.

—Y ¿cómo son los casos de los orfanatos?

—En general, los niños de un orfanato son entregados

por alguien que da la cara. De hecho, los orfanatos no tienen habitualmente un sitio para recoger a los niños que se dejan en secreto, los hospicios, sí.

—Entonces, tía Cintia, ¿crees que alguien me abandonó en el orfanato de Santa Isabel?

—Yo creo que sería muy difícil que un niño o una niña fuera entregado en el orfanato de Santa Isabel de forma anónima. Ahí habría, supongo, otra forma de hacer las cosas.

—No sé si una forma de hacer distinta salva a los niños. Dime lo que habría en la cabeza de una madre, y también del padre, para abandonar a su hijo en un hospicio o llevarlo a un orfanato. ¿Por qué un niño ha querido mencionar lo de los expósitos si nuestro colegio no lo es?

—Los niños problemáticos son los que se atreven a hablar de lo que no entienden. Y te debo decir que vas a un colegio de barrio que cualquiera puede decir que es humilde, pero es bastante progresista. Es un buen colegio.

—¿Entonces el niño que mencionó lo de los expósitos es problemático?

—Diría que sí, no es un tema que esté a su alcance.

—Ah. Y, ¿qué es un colegio progresista?

—Es como si te pregunto lo que es progresar. Si me

dices lo que entiendes por progresar, entonces te diré qué es un colegio progresista.

—Progresar, progresar es…, progresar es hacer las cosas bien.

—Entonces en vuestro colegio las cosas se hacen bien.

—Pero dices que en mi escuela hay un niño problemático. ¿El niño que habló de hospicio? Un niño abandonado no puede progresar, ya sea en orfanato, sea en un hospicio. No veo ninguna diferencia.

—Sí. Mira, en los hospicios de España dejan a los niños cuyas madres tienen tantas dificultades que no pueden dar una buena vida a su hijo. En cambio, a los orfanatos llegan los hijos cuyos padres murieron y no hay parientes con capacidad para cuidarlos. En el caso del orfanato de donde tú vienes, quizá haya acabado ahí algún niño cuyos padres, los dos, hayan muerto. ¿Te consta que suelen ir de visita unos hombres o mujeres a vuestro orfanato?

—Sí. Iban hombres o mujeres, pero no nos decían nada.

—Es porque no quieren que se sepa la verdad.

—¿Cuál sería esa verdad?

—Solo la conocen ellos, pero son las razones por las cuales van a visitar a las monjas y no dicen nada a los niños.

—Entonces estarían ocultando algo.

—Diríamos que sí.

—Y, ¿quién acababa sabiendo lo que ocultan?

—Las monjas, ya te lo dije. ¿Te lo dije ya?, y los curas.

—¿Curas?, ¿curas de la iglesia?

—Sí.

—¿Por qué los curas son los únicos que conocen las razones por las que los padres dejan a sus hijos en los orfanatos?

—Porque demasiados hombres y mujeres escuchan solo a los curas.

—¿Aunque los curas les digan que abandonen a sus hijos?

—Sí. Aunque suene triste, es así.

—Todo esto debe ser una historia de mayores, ¿verdad?

—Sí. Pero en medio están los niños, tristemente.

—Y ya que los niños como yo están en medio, ¿cómo me lo puedes contar para que lo entienda?

—Mira, tú ya sabes que los hombres y las mujeres se casan, ¿verdad?

—Sí.

—¿Y sabes dónde se casan y quién les hace las preguntas?

—Sí, en la iglesia, delante del cura.

—Pues sabes algunas cosas. Ya vas teniendo edad. Pues para la Iglesia, si un hombre y una mujer se casan, ninguno de los dos puede tener un hijo o hija con otro hombre o mujer que no sea con quien se han casado. Es un pecado. Y aunque lo sepan los militares, los ministros, los abogados, los maestros y los médicos, los que tienen capacidad para decir que si tienen un hijo fuera del casamiento está mal son los curas. Entonces, cuando ocurre que nace un hijo fuera, pueden decidir llevarlo a un orfanato.

—¡Ooh! —Y me sequé las lágrimas que brotaron.

—¡No!, ¡no!, no te apenes, porque no siempre ocurre así.

—No sé qué decir.

—Te digo que no siempre es así, y por esto los hombres no dicen nada y los curas tampoco, porque todos quieren aprovechar el silencio para eludir su responsabilidad. ¿Entiendes lo que digo?

—No, no.

—Lo que quiero decir es... ven aquí.

Y me abrazó fuerte y estuvimos así por un tiempo hasta que se me pasó o tragué la hiel de aquella revelación. Más tarde supe que era una suposición, pues conocer una falta o un hecho sin conocer a quienes lo pudieron llevar a cabo no tiene sentido, pues no se puede emitir un juicio que tenga valor. Es como si nada hubiera ocurrido. Habría avanzado algo, pero estaba en el mismo sitio. Quedaba por ver qué sabría la gente que nos había enviado el regalo de Navidad.

En mi vida adquirí experiencia y también la capacidad para juzgar. Después de largos años pensé en todo aquello que me pasó, y para reconciliarme con mi historia, pensé en todo lo que estuvimos diciendo mi tía Cintia y yo, y recordé lo que supe de ella, lo poco. Que sus abuelos, y quién sabe quién más de su familia, fueron protagonistas de los *Fets de Fígols*, así que serían comunistas. Y si lo eran, habrían abjurado del cristianismo, si es que fueron cristianos alguna vez, así que podrían haber trasmitido aquellas ideas a Cintia, a quien no vi acudir a la iglesia por iniciativa propia. ¿Y si fue por todo aquello que no fui matriculada en un colegio de monjas? Conocí Las Mercedarias, hubiera estado bien ir ahí, con ese lindo uniforme. Pero aquello no ocurrió. Años más tarde conocí a una chica llamada Salomé Kinson, y creo que había sido alumna en un internado. Lo lista que me pareció hizo que tuviera lástima de mí, además, las noticias de mis notas llegando a Santa Isabel me aterraba. Luego hablaré de cómo la conocí. Ahora quiero hablar de las razones de Cintia para no frecuentar la iglesia, de asistir a las cosas de Dios.

Piensen que era una pobre sordomuda, así que para ir a misa hubiera tenido que ir con alguien, yo, que le tradujera las palabras del cura. Creo que los otros cristianos hubieran visto bien aquello, lo verían entrañable y todo. Qué bella estampa, ¿verdad? ¿Pero se hubieran imaginado lo que costaría que yo tradujera el credo del latín a la lengua de signos? Bueno, den por hecho que sabía latín, así que podría llevar a cabo aquel propósito, ¿pero saben lo que costaría traducir el credo entero?

Credo in Deum Patrem omnipotentem,
Creatorem caeli et terrae.
Et in Iesum Christum,
Filium eius unicum, Dominum nostrum,
qui conceptus est de Spiritu Sancto,
natus ex Maria Virgine,
passus sub Pontio Pilato,
crucifixus, mortuus, et sepultus, descendit ad inferos,
tertia die resurrexit a mortuis, ascendit ad caelos,
sedet ad dexteram Dei Patris omnipotentis,
inde venturus est iudicare vivos et mortuos.
Credo in Spiritum Sanctum,
sanctam Ecclesiam catholicam,
sanctorum communionem,
remissionem peccatorum,
carnis resurrectionem, vitam aeternam.
Amen.

¿Se imaginan los gestos que habría tenido que hacer para traducir simplemente la frase *descendit ad inferos*? Para ejercer aquella función necesitaría un permiso del Ministerio de Educación, institución que, con aquel permiso, estaría reconociendo mis credenciales en lengua latina. Pero sigan pensando que la pobre señora había sido criada en el ateísmo militante. ¿Qué entendería por *inferos*? ¿Debajo de qué estaba aquel *inferos*? Todo esto lo cuento para enfatizar la dureza de mi vida; aun así, la de ella podía ser muchísimo más. La misma Iglesia se hubiera muerto de risa si nos hubiera hecho memorizar, en Guinea, el catecismo en latín. Juraría que, con nosotros, se hizo una excepción no autorizada por la jerarquía. En todo caso, lo confieso, lo que se memorizaba en Guinea antes de los grandes sacramentos, como la primera comunión, solo lo entendían los curas. Si me hubiera atrevido a traducir el credo habría soltado embustes, pero los feligreses habrían visto todo aquello muy entrañable, muy tierno. Y creo que sabían que aquella era la realidad; digo lo de los embustes. Aquel sería el hecho que sostenía la postura comunista de los familiares de Cintia.

Pero había una realidad de la que me habló en privado, vista la desolación anterior. Me insistió, dándome una clase particular: siempre había que cargar en la cuenta de los padres cualquier cosa que hicieran para separarse de sus hijos, dando lugar a cualquiera de las situaciones que vimos, con infantes que terminan en hospicios o expuestos a la caridad. Ni en España ni en Guinea se vivían buenos tiempos. Supo que uno de los últimos gobernadores casi se mereció un levantamiento como el protagonizado por los comunistas del Berguedà, pues pese a llegar a Guinea investido del triunfante olor cristiano, impuso medidas drásticas contra el aflojamiento de la moral. En aquel tiempo no se relacionaba, dijo, el cristianismo con ningún tipo de perdón. Entonces, aquella conducta hizo que muchos que antes eran protestantes se pasaran a la confesión cristiana.

—¿Por qué lo hicieron? —le pregunté.

—Porque si no lo hubieran hecho, habrían perdido privilegios.

—¿Cómo cuáles? —volví a preguntar—. ¿Qué tipo de privilegios perderían si uno siguiera siendo protestante?

—Su puesto público o privado, la retirada del estatus de emancipación, o una amenaza, y el destierro. Y la exposición a la vergüenza pública.

—¡Ooh!

—Con estas espadas amenazantes, pocos hombres podían hacer gala de su vida promiscua. Lo más probable es que tu padre, da igual quién hubiera sido, fuera obligado a profesar el catolicismo, aborreciendo oficialmente el protestantismo. Con este asunto no hubo perdón. Y quien tuviera hijos que hubieran practicado la fe protestante, se cuidaría mucho de dejar una pista sobre aquellas intimidades.

Fue ahí que me callé, al ver pasar ante nosotros una infinitud de hombres que iban a visitar a las monjas sin mediar palabra. Sentí algo de pena, sin embargo, siempre había que cargar en la cuenta de los padres la suerte que corrieran sus hijos. Más adelante, yendo por los caminos que Dios había deseado, pensé en lo que sería la exposición a la vergüenza pública, cosa que no entendí cuando lo mencionó. En Santa Isabel, no es que lo que hubieras querido mantener en secreto saliera en la revista o un pregonero lo estuviera leyendo en las calles hasta entrar a voz en grito en el Club Fernandino; no. Incluso podías contar tu historia en cualquier mesa de dicho club, o en un extremo de la barra, cuchicheando, pues quien lo contara querría estar seguro de disponer de cierta privacidad. En Santa Isabel se hacía algo peor, algo más grande, algo acompañado de luz pública y natural, de sol, y luz artificial, lo que llamábamos lámpara de bosque, y de tambores. Estoy hablando del Bonkó.

En aquellos años, y durante muchos más, cualquier cosa ocurrida en la oscuridad y que involucrara a una persona pública acababa en la mesa del compositor de las canciones del Bonkó. Era como si en la ciudad hubiera muchísimos ojos vigilando cualquier cosa, de día, de noche, a todas horas, y nada más producirse lo que fuera, lo apuntaban en un papel, se acercaban a la casa del compositor oficial del Bonkó y se lo tiraban en la mesa. Él ya se espabilaría para componer una de las canciones con las que hombres, mujeres y niños recorrerían las calles durante las navidades. Sin embargo, no parecía que hubiera un compositor oficial del Bonkó al que todos conocieran. Incluso no se conocía a nadie del que se pudiera decir que fuera el compositor. Pero jamás en la cofradía de los ñáñigos se quedaron sin una canción de un escándalo. Y aquel compositor o compositora tenía tal ingenio que ni el mejor epigramista cosería un poema mejor. Con cierta edad leí algunos epigramas y sé cómo son. Sé que, si un tal doctor Matzen hubiera tenido un desliz venéreo con una dama a la que bautizaran de manera festiva y libre, y ella hubiera quedado embarazada, podrían componer algo diciendo que la inyección que puso Mister Matzen se convirtió en un absceso que se abrió al cabo de nueve meses y nadie puso cara de asco por ser niño guapo. Así eran.

Y aquello lo cantarían en pichinglis, en su gran parte, e introducirían el español en las partes que creían oportunas, así que quien no fuera hablante del pichi sabría que se había cantado sobre algo que era más fuerte que la penicilina, por ejemplo. Entonces no se podía decir que el señor Matzen, Mister Matzen, se pondría a dar saltos de alegría cuando oyera su nombre en la boca de cientos de personas. El Bonkó, además, podía ser algo de las masas populares, pero había eminentes fernandinos, hombres de grandes espaldas, que tocaban los tambores, mientras otros no menos eminentes se enfundaban esos trajes coloridos. Que fuera una realidad conocida se confirma al constatar que los fernandinos no permitirían que uno cualquiera, alguien que no conociera sus costumbres, se vistiera la máscara y entrara en el cementerio la noche del treinta y uno de diciembre, cumpliendo una tradición que solamente los veteranos debían conocer. Supongo que tan solo para evitar que tu nombre fuera cantado de boca en boca y que toda tu casa lo supiera, harías, Mister Matzen, lo que fuera para que las consecuencias de tus salidas nocturnas o diurnas no se conocieran, máxime si las consecuencias de aquellos andares a deshora acababan en la mesa de un vicario demasiado celoso o en la de un gobernador tocado por el espíritu, sin especificar. Pobre de mí. Pobre de mi señor padre.

V

Estaba inmersa en la vida que estoy contando, aún con muchas preguntas sin responder, cuando recibimos en la escuela la visita de una señora de Guinea. Fue como si un trozo de cielo se abriera sobre mi cabeza. Enseguida pensé que esa señora debería saber algo de mí, pues conocía la escuela. La recibieron los responsables y más tarde habló conmigo. Era una señora, pero era joven todavía. Se llamaba Montserrat Sañabá. ¡Parecía mentira! Pues aquella era bubi y había sido destinada por el poder vigente a Madrid. Tampoco era algo que se pudiera ocultar, fue a hacer el servicio social, un peaje que las mujeres debían pagar para ser miembros de la sociedad. A eso fue a Madrid Montserrat Sañabá. Lo haría ahí, le gustara o no, y luego fue becada para estudiar Magisterio en la Escuela Normal de Barcelona. ¡En Barcelona! Aquí llegó con ideas frescas y por eso quiso hablar con cualquier persona permeable a las mismas. Así que buscó en lugares donde había niñas de mi edad, o parecida, y habló con ellas. En realidad, nos invitó a comer a un sitio que unos guineanos eligieron para ella, y para nosotras.

Resultó que el nombre de esa señora coincidía con el de la patrona oficial de Catalunya. No podía ser casualidad. ¿Aquello era caer de pie o no? La realidad es que aquella virgen no podía ser de nadie más: era negra y la señora Sañabá era bubi. Era su santa sí o sí. Así que era su día, la santa era de su color. La llamaban, de hecho, la Moreneta. El hecho de que aquella virgen fuera negra hizo que gente importante de los fernandinos, y no fernandinos, creyeran que no era una casualidad que estuvieran prosperando en Catalunya, así que se constituyó una cofradía. Y el día de la devoción festiva de la Virgen pensaron en hacerle un homenaje a quien celebraba también su día, así que se organizaron. Para que la invitación hubiera sido efectiva tendría que, primero, hablar conmigo a la salida del colegio, acompañarme a casa y hablar con tía Cintia. Sin embargo, no conocía dónde vivíamos. Se lo hubiera dicho de todas formas, pero prefirió pedir el permiso al maestro y al director para ir a ver mi casa y se lo dieron, sabiendo que no estaba lejos. Cintia no estaba en casa, así que acabó por escribir la historia en una nota:

Estimada doña Cintia: Me llamo Montserrat Sañabá y estoy residiendo en Barcelona para obtener el diploma de Magisterio. Me he informado de la estancia de la señorita Ana en esta ciudad, bajo el amparo de sus cuidados y he querido pasar un tiempo con ella para darle ánimo, teniendo en cuenta su juventud. Haré lo posible para que conozca a otras de su edad. Le pido autorización para que pase a recogerla mañana, el día 27 del presente mes, dándole la entera seguridad de que será devuelta a su casa en cuanto terminemos. Aprovecho para expresarle mi amistad, gratitud y cariño.

Con mucho respeto,
Montserrat

Dobló el papel y lo metió bajo un libro, o sobre algo que impidiera que saliera volando. Tampoco hubiera abierto la nota para leerla; era curiosa, pero para cosas más potentes, como saber qué pasaría si una casa se viniera abajo. Nací así. Yo creo que era confiada porque sabía que si alguien me fallaba podía hacerla saltar por los aires.

Volví al colegio y el día siguió normal. Seguí la clase en volandas mentales, y luego fui a casa a comer y a contar a Cintia la novedad. Que conocí a la portadora de la nota, era de mi país, de la isla, además, y que mañana celebraba su santo y nos quería invitar a comer a unas niñas. Muy bien, muy bien, dijo Cintia. Y me alegré de que se alegrara, pues estaba yo en las nubes. Así que el día después, pasara lo que pasara, iría a comer a esa casa, o donde sea que estuviera Montserrat Sañabá. Cintia me dijo que yo había tenido mucha suerte. No recuerdo que le hubiera dicho a la señora Sañabá que vivía con una mujer sordomuda. Tampoco encajaría porque, al tener aquella doble discapacidad, me vería obligada a ejercer de traductora y parecería que la homenajeada era ella, y no yo. O la misma Montserrat. Así, a cierta hora esperaría abajo y quien fuera, lo que fuera, vendría a por mí. Así ocurrió. Vivíamos en un principal, el piso anterior al primero. Cintia no dejó que estuviera esperando sola en la calle, estuvimos mirando desde la ventana y cerca de la hora bajó conmigo a esperar que llegara a por mí. Hubiera dicho que un apareció carruaje tirado por dos caballos. El conductor me invitó a subir, había dos niñas más, una de ellas mi amiga Gilda, cuya madre vivía cerca de la Via Júlia.

Al cabo de un rato, llegamos a una casa grande. Nos recibieron dos niñas de nuestro país, también invitadas, pero que llegaron antes. Ni rastro de hombres, todavía, se veía que todo estaba preparado para una multitud.

Supimos la razón más tarde. Todos los hombres que iban a asistir al festín de comida, bebida y tabaco, eran miembros de la cofradía fernandina de la Virgen de Montserrat. Entendimos que estaban en sus casas rezando por aquella celebración o habían ido juntos a un sitio a hacerlo. Incluso podía ser que hubieran ido de peregrinación al monte donde estaba aquella virgen, también llamado Montserrat. Calculé, ya sea por haberlo leído, oído o intuido, que con los medios que se tenían en aquellos años se tardaría entre dos y tres horas en llegar al pie de Montserrat. Para mí, cualquier virgen debía ser una buena persona, así que, quien llegara a pie de la montaña, mirara arriba y dirigiera sus rezos a la virgen, habría cumplido con la obligación. Es lo que esperaba que hubieran hecho los miembros de aquella cofradía. Y si se sintieran fuertes y quisieran dejar su ofrenda anual a los mismos pies de la Virgen, subirían, harían lo necesario y estarían de vuelta para elevar su copa por la onomástica de su amiga y protegida Montserrat Sañabá.

Ella no tardó en aparecer, alegre y emocionada, y su idea era que comiéramos sin la presencia de los hombres. Supimos luego que no era su casa, sino la de una mujer de mucha fama cuya foto vimos en la pared. Creo que se había muerto, pero la casa la custodiaba un sobrino de su marido también muerto: Guillermo Vivour. El tal Vivour era tan tan rico que su tumba costó más que una casa más que digna. No podía creer que la casa fuera de la abuela de Valerina. Ella no fue invitada, o no dieron con ella, parecía una paradoja. Como no estaba la dueña y aquella casa era tan espléndida, algunos viajeros la ocupaban de paso, teniendo un servicio de limpieza a cargo de gente española, o barcelonesa, y para las fiestas contrataban a los particulares de aquella gente rica, miembros, muchos de ellos, o todos, de la cofradía africana de Montserrat. Aquella mujer, la dueña, se llamaba Amelia Barleycorn, así que debía ser la prima o hermana de aquel hombre que apareció con aquellas dos bellas mujeres en la revista *Estampa*, y que estudiaba, como una de ellas, Medicina en Valencia. Al oír todo aquello, mis ojos daban vueltas y, sobre todo, pensaba en cómo aquella niña podía haber crecido en un orfanato si venía de aquella familia inmensa. Fue cuando recordé lo que me dijo Cintia de las presiones que recibían los fernandinos. También me rondó por la cabeza de quién era la responsabilidad de los niños abandonados.

Comimos bien, supuse que había cocinado alguien que tenía indicaciones sobre lo que serían nuestros gustos.

Tal vez cocinara la propia Montserrat. Sin embargo, no todo fue comer, también habló con nosotras. Nos contó que nos sirvieron *garrí*, y que no debíamos olvidar que teníamos un país. Que estábamos en España y lo veíamos todo, así que debíamos contarlo todo. Que todo aquello lo había creado alguien, y que el primer paso era aprender a leer y a escribir. Afirmó que, aunque una persona solo vendiera leña, lo haría mejor si sabía leer y escribir. Por eso quería estudiar Magisterio: nuestro país necesitaba muchísimos maestros para enseñar a todos los que iban naciendo. Así que esperaba que no tuviéramos ninguna duda en coger el camino del magisterio. Sin quererlo me di cuenta de que, teniendo aquella vocación o no, yo ya había hecho una carrera, pero sin habérmelo propuesto: en toda Guinea no había ningún maestro de sordomudos. No obstante, guardé para mí el secreto de lo que haría una vez tenida la oportunidad. Y la tendría, al margen de estar pendiente de saber todo lo que tenía que ver con mis orígenes. Sobre aquellas inquietudes no pudimos hablar, aunque, si dio conmigo, algo sabía. Habría sido educada en la discreción de los krió.

Insistió en que, como chicas que iban a convertirse en mujeres, debíamos ocupar nuestra posición, aunque hubiéramos sido criadas en un mundo en el que se ponía primero a los varones. Casarse está bien, siguió, pero no tenía sentido que pensáramos en hacer lo que hacían todas las mujeres, o la mayoría, aunque tuviéramos la oportunidad de estudiar. Y abrió los ojos, paró un instante, y aseveró que, si no volvíamos preparadas a Guinea, podría ocurrir que quien nos mandara fuera una tal Concha Tentor.

Aquel nombre encarnaba la personificación de una persona severa y extremadamente rigurosa con todas las mujeres. Supuse, entonces, que debieron conocerse de su época en los servicios sociales de Madrid, y de ahí que, más pronto que tarde, acabase en una posición de dirigir la vida social de las mujeres guineanas. Así conocería a la mujer de nombre tan sonoro. No le debió dar buena espina, como se suele decir. Si hombres con mucho poder ya sufrían las presiones de los blancos, hasta el extremo de tomar decisiones catastróficas para los niños, la presión que hicieran sobre las mujeres sería más brutal. No hay que olvidar: los hombres primero. Eso es, Concha Tentor podría hacer lo que quisiera.

Y pudo. Unos años después, Montserrat Sañabá vivía en Santa Isabel, y Concha Tentor se encargaba de la Sección Femenina en la ciudad y en toda la provincia. Montserrat Sañabá la vio venir, o sea, captó su mala ralea a la primera, porque, asentada en su puesto de responsable, dejó dicho que la mujer guineana era de carácter difícil, apático y mentiroso. No sé con quiénes hablaría para llegar a aquella tajante conclusión, pero en ningún momento de mi vida le daría la razón. Aun conociendo a más de diez mujeres que fueran embusteras, no admitiría ninguna cosa negativa de ellas, y no precisamente por ser yo quien soy, sino porque crecí en mi derecho de dudar de si alguna vez los blancos conocieron a los negros o quisieron conocerlos. Y está bien fijado en la ciencia que el primer paso para emitir opiniones sobre un individuo o comunidad es conocerlos en profundidad, cosa que no podía hacer una señora, la tal Concha Tentor, que venía con la carpeta de sus ideas preconcebidas bajo el brazo. A santo de qué, si no, sería responsable de una cosa que no había existido antes, la Sección Femenina. Cada vez que he oído hablar de la Sección Femenina pienso en que las mujeres de Fernando Poo plantaban ñame, un tubérculo de altísimo valor alimenticio, tanto como para ser uno de los pilares del negocio que enriqueció a Amelia Barleycorn, en cuya casa comimos espléndidamente. Si alguien que no ha oído hablar de cómo se planta el ñame emite una opinión tan tajante es porque es una persona peligrosa. Y sobrada de vinagre en su cabeza.

Cuando terminamos de comer y apreciar la magnificencia de aquella casa, Montserrat Sañabá nos reunió y se despidió de nosotras. No debíamos olvidar sus palabras. Y que, si alguna circunstancia hiciera que estas se descompusieran en el depósito de la memoria, recordáramos que nos habían traído a España para aprender el secreto de la prosperidad y el avance de los blancos. Se dio cuenta y añadió: y de los negros que, viviendo en Guinea, fueron los primeros que hablaron de nosotras ante los que consideraban que no podíamos hacer nada más que planchar y lavar. Cuando dijo lo de los primeros que... estaba refiriéndose a los dueños de aquella casa y a sus parientes que estaban esparcidos por ahí. Para mí, no hacía falta que nos dijera nada de su progreso, la cota que alcanzaron se notaba en la magnífica ropa con la que se dejaron retratar, verdad que se podía admirar en todos los rincones de aquella casa. Cuando vi la galería, pensé que, si aquella fuera mi casa y aquellos mis antepasados, me encantaría mostrarla a los que me visitaran, para que no dudaran ni un momento de lo que fuimos capaces. No haría falta que dijera más. Iluminar el salón, o la habitación que fuera, y que los antepasados y sus parientes hablaran por sí mismos.

—Estos, ¿quiénes son? —me preguntarían.

—Este, el abuelo de mamá; esta, la prima de mi abuela. Vivía en Oxford, no le gustaba el calor. Este es el padre de mi papá, fue gran pastor y tenía fincas en Fernando Poo. Y este es la oveja negra, se casó con una rusa y nadie lo volvió a ver.

—Entonces no sería una oveja, sería un emancipado, porque fue a hacer su vida fuera del círculo familiar —me diría mi visita, queriendo llevarme la contraria.

—No sé con quién has hablado, pero estos señores ya eran emancipados antes de la ley —le respondería para que viera la importancia de los que moraban en aquella casa.

—No te ofendas, me refería a una persona libre, porque alguien que es capaz de ignorar que Rusia es una estepa helada sí es una persona libre. Habría que preguntar dónde vio a la rusa.

—O al revés, dónde le vio la rusa.

—Bueno, bonita casa, me quito el sombrero ante los que vivieron aquí.

—Te recojo el cumplido, pero primero cómprate un sombrero de calidad, porque no es quien quiere, sino quien puede. Lo digo en todo.

—Muchas gracias por el consejo.

Nos fuimos de ahí cuando apareció el coche reservado para nosotras, el diligente conductor conocía el itinerario ideal para dejarnos una por una. Éramos tres en el primer coche, quedaban otras dos esperando a otro, que no vimos. Hablé con todas, pero ya había reservado el mes de diciembre a Gilda, así que tenía dudas de si cabían las cuatro o las pasaba al mes de julio, el que más calor hacía en España, y así rendimos homenaje al bochorno de Fernando Poo. Sabía que el almanaque lo iba a hacer, pero no era la tarea más importante. Ah, ya dije que nos fuimos, así que no vimos aquella vez a ninguno de los hombres que iban a ayudar a Montserrat a celebrar su onomástica. Supuse que ella lo habría dispuesto así. No había querido que aquellos protectores suyos oyeran sus consejos, o los mismos entendían que tenernos a solas era parte del homenaje. No sabíamos si al encuentro acudirían las mujeres de aquellos hombres, hubiera sido lo normal. Lo digo porque Montserrat era joven y guapa y podría atraer la atención de todos ellos si no tuvieran a sus mujeres al lado. También era verdad que todos aquellos hombres debían tener interés en Montserrat, ya fuera por si dejaran de estar con sus mujeres, ya fuera porque los fernandinos siempre se han preocupado por relacionar a sus hijos con mujeres que ellos llamarían un buen partido. Y Montserrat, que era una mujer jovial llena de belleza y aceite, lo era. Bueno, de quién se relacionaba con quién en la Guinea de los fernandinos ya dije algunas palabras al principio.

En casa, tuve que contar a Cintia cómo había ido la jornada. Se alegró mucho de que me hubiera divertido. Le dije que Montserrat Sañabá quería ser maestra, que iba a ser maestra. Tenía a alguien que me señalaría el camino, tenía muchas aptitudes para ser maestra, como Montserrat. Y le contesté que no, que también había una posibilidad de poder ser obispa.

—¿Obispa? —preguntó, enarcando las cejas—. Las mujeres... Mira, para hacerse obispa primero tienes que ser sacerdote, sacerdotisa, si lo permiten.

—Pues primero me haré sacerdotisa.

—¿Pero por qué quieres ser obispa? —preguntó, sin abandonar la perplejidad.

—Para castigar a los hombres.

—¿Castigar a los hombres? ¿Más de lo que están?

Me dio por reír. Asumí que si el destino hiciera el quíntuple milagro y el enésimo error de hacerme obispa, los que no cumplieran las normas conocerían el rigor de la ley. La docencia no me interesaba tanto, sin embargo, me estaba formando para ser maestra, habida cuenta de mis presentes y futuros conocimientos en la lengua de signos. Por su parte, ella aseveró:

—Si no estudias algo permitido a las mujeres, tendrás que hacer el esfuerzo de diez hombres para estudiar lo que estudian ellos.

—Entonces haré el esfuerzo de diez hombres débiles

Su risa abierta nos devolvió a la normalidad. Al año siguiente las calles estarían engalanadas, saldrían *els gegants*, vendría una *colla* y montarían un *castell* delante de la Casa de la Vila y seguiría con las ganas de ser la segunda flauta de la orquesta. Pero quedaba pendiente ir a la calle Condal, n.º 32, para que nos dijeran cómo sabían de nosotras, cómo dieron conmigo. Aquella conversación que pensaba tener con ellos la hubiera tenido con la futura maestra Montserrat Sañabá si hubiera tenido la valentía de hablar con ella a solas. Una charla con doña Montserrat sería lo más parecido a una confesión, solamente que la obispa sería ella.

—Madre, no he confesado en ocho años y reconozco que he pecado —diría a la obispa.

—¿Cuáles son los pecados, hija? —respondería tras las varillas del confesonario.

Y le soltaría todo lo que hubiera hecho mal, sin sentir vergüenza porque estaría creyendo que la obispa no me había reconocido. Pero primero la hubiera saludado con el Avemaría Purísima. Si hubiera ido alguien que quisiera ser un tipo de obispa distinta, mandaría a hacer los confesonarios de manera que el sacerdote no reconociera al que viniera a confesarse, cosa que parecía imposible. Más tarde supe que incubé aquellos pensamientos porque descubrí que en Guinea confesaban los curas, y eran blancos, y así nos dominaban. ¿Cómo? Pues si habías hecho una barrabasada, la confesabas y luego te veías cara a cara con el cura, inmediatamente te reconocías inferior, porque podía contar tus trastadas a quien quisiera, sobre todo si no te creías que Dios había disuelto todos tus pecados con el fuego que salía de sus ojos o de su boca. Comprendí las razones por las que Montserrat no hablaba mucho. Quiso que nos quedáramos con sus palabras. Uno solo puede vomitar lo que ha mamado, o puede luchar contra las imposiciones. O acabar siendo lo que ha querido que seas quien te inculcó o te impuso aquellas ideas. Estaría dando testimonio de cómo era, con la referencia de las personas ya nombradas y las experiencias vividas. Sería problemático, para juzgar los trasiegos humanos, entenderlo de otra manera.

Pasaron días, y luego más días y resultaron útiles, al menos para mí. Si ahora consideraba el almanaque importante, ya tenía suficientes nombres; y agradecía al destino haber permitido que los conociera. O que hubiera sabido de ellos. Sin embargo, la idea del almanaque creció porque me sentía muy sola en Barcelona, no veía a gente africana, y por eso la quería coleccionar. Quería saber de ellos, quería que contaran en mi vida. Las casualidades en mi vida eran indicativas de que las cosas iban por buen camino, a pesar de que, de niña, había vivido en unas circunstancias excepcionales. Pero la escasez diaria de información la veía como un atraso, así que necesitaba que cada día ocurrieran cosas para engañarme. No sería justo que le expusiera a Cintia lo que sabía o no sabía de cómo acabé en su casa. O tan solo era el miedo de que descubriera mis preocupaciones y me obligara a escaparme de casa. Si descubriera que me había comprado a algún familiar, por ejemplo, me hubiera sentido mal; y hubiera sido más difícil que me consolara con las historias que tapaban agujeros de cosas mal pensadas y hechas.

No podía descartar que aquellos pensamientos fueran fruto de la triste ansiedad generada por el desconocimiento. O las mismas ganas de sobrevivir de alguna manera, porque cualquier niño sin padres puede creer que su supervivencia no está garantizada. La idea de que lo que se llevó a padre y madre también podía llevarte debe estar siempre presente en la vida de un niño que estuviera en mis condiciones, siendo yo una niña. La angustia era permanente, aunque ninguna de las oportunidades estuviera abierta. Fue la misma que me llevó a pensar que debía tomar decisiones sobre mi porvenir, y a ver cómo actuaban todos los que tenían escondido aquello que necesitaba. O simplemente sentí que actuar sería útil. Y un día, después de la primera clase y la comida, chupando el pirulín, apareció, y le dije a Cintia que había decidido lo que quería ser cuando fuera mayor.

—Yo ya sé lo que tú quieres ser de mayor —me retó.

—¿Lo has leído en mi cuaderno?, ¿en mi mente?, ¿o dentro de mi corazón?

—Tienes buena letra, pero no lo leí en tu cuaderno y no tengo capacidades para todo lo demás.

—Entonces, ¿cómo lo sabes?

—A veces hablas cuando duermes.

—Jeje, eres muy graciosa —le contesté.

—En serio. Te leo los labios cuando te voy a despertar para irte a clase y te encuentro contando tus proyectos.

—¡Pero si me meto bajo la sábana cuando duermo!

—No siempre.

—¿Entonces qué he dicho que quiero ser de mayor?

—Si tú me dices lo que quieres ser de mayor, te diré exactamente qué es lo que había leído de tus labios.

¿Acaso tienes alguna razón para dudar de mí?

—No, pero eso es trampa, es trampa.

—No puede ser trampa si sabes muy bien que es la verdad.

Y la verdad es que, pese a que nuestro colegio no era precisamente un centro religioso, o era una información que conocía a medias, se abría la temporada de matrícula para recibir la confirmación. Yo cumplía los requisitos, me faltaba inscribirme y dar el nombre de quien sería mi padrino o madrina. Sin embargo, aquel proyecto no podía llevarlo a cabo sola, así que lo compartí con Cintia.

—Tía Cintia, quiero recibir la confirmación.

—La confirmación es un sacramento cristiano, ¿verdad?

—Sí. Se hace luego de la comunión, a cualquier edad.

—¿Y qué necesitas para hacerla? —me preguntó.

—Estudiar un poco la doctrina, aprobar el examen y tener un padrino o madrina.

—¿Un padrino o madrina para hacer la confirmación?

—Sí, pero tía Cintia no puede ser la madrina, porque ya ejerce de madre.

—¿Es la norma? —preguntó más seria.

—Es la norma. ¿Has recibido la confirmación, tía Cintia?

—No sé. Hay cosas que ocurren tan temprano que con el tiempo se olvidan. No sé.

—Ah. Tía, ya sé lo que quiero ser de mayor.

—Vaya, todo se revela de una sola tacada. ¿Qué quieres ser de mayor?

Hubiera dicho que el hecho de tomar la decisión de confirmarme, y compartirlo con Cintia, hizo que la atmósfera se llenara de Espíritu Santo y me iluminara para elegir la profesión que definiría mi vida. Primero debía aprenderla para poder ejercerla con eficiencia y brillantez. Pensaba que quien elige una profesión por su cuenta debe ejercerla de forma brillante. Es un acto de responsabilidad, y un momento feliz, ves brillar el futuro.

—En realidad quiero tener dos profesiones, una ahora, y la segunda más tarde.

—Bien, ya me dirás, pero siendo que la confirmación se puede hacer con cualquier edad, lo mejor sería que ejercieras primero un oficio, como mínimo, y luego la confirmación.

—No, es que cualquier oficio que se aprende con papeles, o en el que se da un diploma, se hace luego de la enseñanza primaria. Con el segundo oficio, no tendré prisa.

—Entonces, ¿cuándo quieres hacer la confirmación?

—Cuando tenga el padrino y complete la formación. El padrino tiene que ir a unas charlas.

—¿Veo que quieres que sea un padrino?

—No, no, o madrina.

—Entonces buscaremos el padrino.

—No, no, te dije que daba igual.

—Pues nada, que da igual.

Todo estuvo bien, no hubo mala cara, pero ella no preguntó dónde encontraría un padrino, así que fue como si una parte de la historia se encallara. No debía conocer los procesos de la confirmación, así que, tal vez, no conociera su importancia. Pero no podía hacerlo sola, tenía que hacer algo para que se pusiera sobre la mesa la necesidad de sacar de cualquier manga, de donde sea, el padrino que me acompañaría a la ceremonia, y tenía que ser un cristiano. Y no podía ser ella, no es que no lo fuera, que no lo podía saber, sino por dos condiciones que la hacían inhábil. Una, era mi madre, o hacía de ello; dos, era sordomuda. Bueno, lo de que era mi madre era una licencia que me concedía, aunque cualquier obispo que me diera la confirmación vería que mi madrina y yo éramos bien diferentes. Y lo de su condición de sordomuda tampoco sé si es verdad, pues no conocía lo que hacía la Iglesia cuando la persona elegida para apadrinar padecía el defecto de la sordomudez. Pero no debería ser un impedimento. Las sordomudas podían ser madres, anulando con ello la prohibición para apadrinar. Fue lo que pensé.

Aquella noche tuve un sueño demoledor. Parecería mentira que la peor cosa que me ocurría en vida pasara en un sueño. Fue terrible, terrible. En el sueño me veía a mí misma, una mujer de cuerpo proporcionado tirando a delgadita. Estaba ya en Santa Isabel y oí algo, o fue lo que intuí, y creí morir. Sin saber qué hacer, no parecía que viviera con alguien con el que pudiera compartirlo. Y como tenía aquella realidad sobre mí, estar en casa no era buena idea, así que salía, buscaba una calle recta y corría hasta quedarme exhausta. En otras condiciones se diría que estaba haciendo deporte, pero ya era mayor, y no era costumbre que las personas de aquella edad hicieran deporte, aquel tipo de deporte, y en la ciudad, vestida de esa manera. ¡Iba a una velocidad...! Y cuando sentía el cansancio, no paraba de decir ¡no puede ser, no puede ser!, moviendo las manos como queriendo zafarse de aquella verdad escalofriante. Aquella mujer ya no podía quedarse quieta en su casa. Aquella yo había crecido hasta la edad adulta. ¡No puede ser! E iba de un sitio para otro, y arrancaba con velocidades impropias de las costumbres de la gente, en concreto, las mujeres de Santa Isabel.

La angustia era tan fuerte que no solamente me hacía correr por las calles, llegando al límite de la ciudad, sino que me empujaba a las playas, a meterme en el mar. Tampoco era normal. No era una costumbre que una mujer de esa edad, y sola, se fuera a la costa, al puerto, y se metiera en el mar. Y de la misma manera que hacía frenéticas carreras en solitario hasta el límite de la ciudad de Santa Isabel, cuando me iba al puerto, daba grandes brazadas alejándome de la costa, a unas distancias que pocas personas habían visto. Mi fuerza, o determinación, o lo que sea que se había apoderado de mí, era tan grande que no solamente daba aquellas grandes brazadas alejándome de la costa, sino que me sumergía a unas profundidades que no sabía que una persona podía alcanzar, pasaba bajo los barcos. Yo, animada por aquel mal, iba nadando, y habiendo barcos fondeados en la bahía, pasaba bajo ellos, como si fuera una cosa que hubiera hecho toda mi vida. Vi la hondura azul de aquel mar y me estremecí. Jamás en la vida me hubiera atrevido a aquello, muchísimo menos meterme debajo de un barco. Además, no sabía nadar, no recordaba ningún contacto con el agua que no fuera la vez que nos llevaron al tramo del río que estaba a unos metros del orfanato. No nos dejaban ir solas, no podíamos ir solitas al río. En aquel tramo había una zona de aguas profundas donde se metían otros niños.

No encontrando la ansiada respuesta en ningún sitio, corría al orfanato y lloraba lo más que podía, haciendo responsable de aquel estado suyo a las monjas. Una mujer con el pelo enredado revolvía los cajones del lugar, con poco cuidado con los papeles que se encontraban archivados. A juzgar por lo que vi, no estaba en condiciones de encontrar ninguna información en ningún papel, su visita se debía a que responsabilizaba de su estado, de su profundo dolor, a las monjas, de quienes quería que dijeran algo que contradijera su verdad. Para mí fue curioso y significativo que ninguna de las monjas apareciera en aquel sueño tan nítido, una prueba, al menos para mí, de que no querían meterse en ningún lío, porque no eran precisamente unas inocentes. Uno de los puntos llamativos del sueño fue que ninguna de las salidas implicaba una vuelta. Es decir, a la mujer no se le veía cuando volvía de aquellas carreras frenéticas o de su regreso del orfanato. Fueron tres escenas claras de dolor sin retorno.

Me desperté bastante alejada de la normalidad; incluso algo mojada, sin saber por qué. Seguía envuelta en la manta, me estiraba y tiritaba, y no era precisamente de frío. Lo que vivió aquella yo en Santa Isabel lo sufrí en el cuerpo como si hubiera corrido a aquellas velocidades y, con otro miedo en el cuerpo, me alejaba del puerto con largas brazadas y me metía debajo de los barcos fondeados. Tiritaba y decía, como mi otra yo del sueño, que aquello no podía ser verdad. Aquello no ocurrió, así que yo, en otro sitio, había tenido una experiencia tan mala que me estaba afectando en la vida real. Y aquellas carreras, la hondura azul, la huida al mar, eran prácticas que solamente llevaría a cabo una persona que hubiera perdido el juicio. Mi otra yo, habiendo alcanzado la edad adulta, hacía cosas que los testigos calificarían de locura. Pero como había estado en España, mis vecinos sabrían que por lo que me pasó allá, perdí la cabeza. Y era lo que se comentaría en cada sitio. Lo de las brazadas alejándome de la costa y el hecho de encontrarme ante la hondura azul del mar fueron lo que más me impresionaron. Era una locura extraña, la profundidad la sentí como si la hubiera vivido yo. Seguía con el miedo en el cuerpo.

Me levanté tarde, o no pude levantarme, y tía Cintia tuvo que ir a la escuela a informar de las razones por las que no pude asistir aquel día. Al volver, todavía estaba tapada con la manta, en una dinámica de estirarme que imaginaba que sería la que haría aquella mujer, que era yo. Me calmé a duras penas, o me recuperé un poco, y aquella tía mía hizo que me vistiera y me llevó a un sitio que se llamaba La Bodega de Oro. Ella no era una persona que entraba en cualquier sitio, ya sea por su discapacidad o por otra cosa. Y si salía, tenía los locales de la gente de su condición, donde tenían espacios precisamente para esparcirse en un ambiente cómodo. Tampoco iba mucho, siendo, además, una mujer que no gustaba tomar los transportes. Pero aquella vez me llevó a La Bodega de Oro, porque presintió un peligro. No es que creyera que todos mis males se resolverían ahí, sino que hacía una excepción. Intuí que le caería un problema encima, un gravísimo problema si, estando solas, perdiera yo la cabeza. Estaba convencida de que si ella hubiera visto a la mujer en la que me convertía en el sueño no tendría ninguna duda de que estaba viviendo el inicio de esa locura. Si se confirmaba, no estaba segura de la persona con la que hablaría para buscar una solución. Quizá conociera a algún médico que sirviera en un manicomio, o encontrara a alguien que le convenciera de que me llevara a un cura para que me echara agua bendita o que rezara por mí. O se convenciera por su cuenta.

En La Bodega de Oro, un lugar bastante conocido, pidió para mí unos buñuelos y una taza de chocolate, lo suficientemente diluido para que pudiera mojar los buñuelos en él. Adivinó mis gustos. Fue algo delicioso. No me curó. Aquella visión era imborrable, pero me alivié.

Ah, le comenté a Cintia que había tenido un sueño en el que me veía haciendo locuras, pero no me atreví a decirle lo que desató todo aquello, aquel *no puede ser*. Tuve miedo, o vergüenza, o pudor, y fui incapaz de contarlo a la única persona que tenía. No dije palabra del momento en el orfanato revolviendo los cajones, llorando como si no hubiera mañana. Lo omití. Tenía miedo a desatar una tormenta que a mi edad no sabría en qué se resolvería. O miedo a arrastrarla en unos asuntos que no eran de su incumbencia. Aquel día, volviendo a casa después de mis primeros novillos, me dijo que si deseaba hacer la confirmación que la hiciera, y que los padrinos serían las personas que yo decidiera. No dije nada. Hacer la confirmación no era, por sí mismo, ningún anhelo. Pero, todavía caminando, le dije que me gustaría que el padre de Gilda ejerciera de padrino. Con aquella elección había roto con mi secreta intención de elegir a un miembro de la Casa de la Guinea Española. Con aquel sueño empecé a creer que cualquiera de ellos podía ser conocedor de mis angustias.

Cuando fueron pasando los días y aquella taza de chocolate con buñuelos fue asentándose en mi cuerpo, encontré el punto de tranquilidad necesario para informarle de la elección de mi oficio.

—Tía Cintia, de mayor quiero ser sastre o modista; quiero confeccionar las ropas para las mujeres de Santa Isabel, así que estudiaré, si puedo, corte y confección.

—¡Muy buena elección! Muy buena idea. ¿De dónde la sacaste? —me preguntó, viniendo a mi encuentro para darme un abrazo.

—La tengo desde hace mucho. Cuando empecé a ver a hombres y mujeres bien vestidos.

—Es una buena idea, pues es una buena profesión, has tenido buen ojo. ¿Pero sabes que por tu edad corres el riesgo de que más tarde quieras hacer otra cosa?

—No, esto no pasará conmigo. Además, creo que cualquiera puede tener dos oficios. Si quiero hacer otra cosa aparte de confeccionar la ropa de la gente de Santa Isabel, lo haré.

—De acuerdo, pero centrarse en uno es más seguro.

—Me centraré en cualquier cosa que elija.

—Entonces tienes la aprobación de tía Cintia para todo lo que tenga que ver con esta decisión. Haré unas averiguaciones y te diré. Tengo contactos con gente que puede saber del mundo de la confección.

Al poco me informó de una institución y varios centros en Catalunya para aprender el oficio, y se podían combinar los caminos.

—¿Qué quiere decir combinar? —pregunté tan o más interesada que ella.

—Pues eso mismo. Mira, en el Centro de la Mujer puedes aprender el oficio y, lo principal, obtener un título. Pero si consigo que aprendas con una profesional, o un profesional, empezando como aprendiz en su taller, adquirirás los trucos que no te da la formación oficial. Lo ideal sería que, de cara a mostrar tus credenciales a quien pidieras trabajo, te presentaras en uno de estos centros y consiguieras que te hagan el examen para obtener el título.

—¿Crees que esto se puede? —pregunté, entusiasmada.

—Se debería poder. Y si no se pudiera por alguna idiotez, ya serías una maestra en corte y confección y podrías hacer virguerías, avergonzando incluso a los que se creen maestros.

—¿Idiotez? —pregunté, con las cejas casi arqueadas.

—Sí, muchas veces los que dan respuestas desde las oficinas suelen ser idiotas. Pero déjame tratar este asunto. Todavía tenemos mucho tiempo.

—Puede parecer mucho tiempo, pero si lo hago cuanto antes, puedo ver si pierdo o no la llamada de otras profesiones.

—Claro, es verdad, pero ya conoces las reglas oficiales, hay ciertos oficios a los que se accede con la educación primaria completada. Es por si hicieras un vestido a una mujer de talla, lo digo por su posición social, y descubriera que no sabes sumar. Se creerá con derecho a pagarte menos.

—Ah, ¿es por esto que se espera que accedan los que tengan los estudios primarios acabados?

—Sí, y porque en corte y confección se hacen mediciones tan exactas que al que no sea capaz de hacerlas le saldrán los vestidos torcidos. Además, quien es maestro en corte y confección debe tener, como mínimo, los conocimientos de un maestro de escuela, pues tarde o temprano, o desde el principio, tiene que enseñar, y no le tomarían en serio si descubrieran que no conoce la lengua en la que compran las telas. Sin contar que muchas modistas acaban en el extranjero, y tienen que demostrar que no son unas ignorantes. No se puede viajar con la cabeza hueca.

—Me resulta excitante, muy excitante.

—Lo es sobre el papel, pero debes saber una última cosa, solo se puede ser maestra de una profesión con la práctica. Tu idea de saltar a otra puede ser meritoria, pero te faltaría tiempo para demostrar profundidad en la primera. Si no consigues afianzarte en una profesión te llamarán *cuca de llum*.

—¿*Cuca de llum*? ¿Mariposa nocturna?

—Casi casi, luciérnaga; *cuca de llum* es luciérnaga.

—Pero, ¿por qué luciérnaga? —pregunté.

—Porque tiene luz, o sea inteligencia, pero es errante.

—Ya veo. *Cuca de llum*. Creí que la luciérnaga sería una mariposa de noche.

—En catalán, no, ya ves.

Aquel día las cosas terminaron bien, y en los días sucesivos Cintia se informó de los requisitos de la formación para el oficio señalado y supo, porque se lo diría aquel contacto suyo, que la carrera estaba en fase de evolución, pues algunas escuelas habían decidido añadir el dibujo. No tenía, porque así lo creía, ningún problema con el dibujo, pero seguimos hablando de todo lo que tuviera que ver con aquella elección. Cintia me comentó que el único problema que podría surgir era que las posibilidades de que un aspirante se presentara y dijera que quería someterse a un examen para probar su maestría y obtener un diploma oficial e igualmente ser sometido a un examen de dibujo serían escasas. Mi respuesta, que parecía lógica, fue que, si el dibujo no se me daba mal, seguiría sin tener miedo. Lo que intentaba tía Cintia era avisarme de la posibilidad de enfrentarme a varios idiotas. Las personas que se forman y aspiran a ser gente de provecho esconden un leve deseo de autoridad.

No se inmutó cuando hablé de Santa Isabel, di por hecho que había quedado claro que volvería en cuanto obtuviera el diploma de cualquier oficio que hubiera aprendido. Pero todavía quedaban rescoldos calientes del sueño anterior, no me quedaba claro si tenía una casa allá o no. Mejor, si la mujer que padeció bajo aquel aterrador sentimiento, que era yo, tenía una casa o no. Eso hizo que empezara a plantear algo muy importante, tanto que había hecho intentos de abordarlo, o de pensar en ello desde otro ángulo. A medida que pasaban los días, guardaba para mí y retenía los impulsos de involucrar a más gente en mis problemas, volviéndome más desconfiada. A más edad, más cautela. Sin embargo, andaba aún con mis inquietudes sin abordar. Cuando surgió el tema de mis habilidades con el dibujo, me iluminé y me valí de esta destreza para abordar mi obsesión. Así di con la idea de escribir una carta a la superiora del orfanato de Santa Isabel. Y pasé del pensamiento a la acción.

Querida Directora del Orfanato de Santa Isabel: Soy Ana. Y todo lo que sigue, en vez de palabras, fue un dibujo que me tomé un buen tiempo en hacer. Era un paisaje, arriba se veía el pico de Basilé, tapado parcialmente por alguna nube. Lucía el sol. Abajo, cerca de quien estuviera viendo, había lo que llamaría un patio, en el que se veían unas casas con las ventanas y puertas abiertas. En el suelo había unos niños jugando; cerca, un perro. Sobre uno de los tejados había un gallo, y de la parte superior de las casas sobresalían las ramas de los árboles de la parte trasera. Al borde de la carretera hay una mujer joven sentada sobre una maleta. Lleva un pañuelo en la cabeza y se ha descalzado, sosteniendo la cabeza con las manos, con los codos encima de los muslos. Me gustaría que me dieras la información de un familiar que me pueda acoger en Santa Isabel. Ya sea padre, madre, tía, tío, hermano, hermana, abuela, abuelo. Y si no hubiera tales, permitir que me quedara por unos días en vuestro centro hasta que consiga una casa. Agradezco profundamente la respuesta.

Ana Matzen Biachó

Barcelona, 3 de mayo de 1942

Mi intención era guardarla, y cuando tuviera la dirección del orfanato, enviarla, acunando, desde que la enviara, la esperanza de recibir muy pronto una respuesta. Temía que esta desconfianza creciente impidiera que le contara a Cintia, pero creí que era lo mejor. Creía que cuando se diera el caso y visitáramos la Casa de la Guinea Española, pediría a quien estuviera allá la dirección del orfanato y otras informaciones sobre cómo hacer llegar aquella carta a su destinatario. Me alegré de haber dado aquel paso. Significaba una cosa: aceptaba volver al orfanato en caso de que no tuvieran noticias de ningún familiar mío. Era una especie de claudicación que venía a dar sentido al hecho de que en aquel sueño terrible volví al orfanato y revolví los cajones. Ya dejé dicho que no le dije a tía Cintia lo que desató aquella tormenta. Aquella cosa que me guardé, y que le revelaré cuando no me afecte tanto, la llamaré el secreto de Antón.

Resultó que un día fui con Cintia al centro social de sordomudos y entablamos una conversación con un hombre que también era socio y sordomudo, claro está. Me preguntó si conocía la historia de Antón, y mientras le decía que no, Cintia arrugaba la boca para hacerle ver que ni la historia era oportuna ni era, propiamente, una historia, sino mitos ciudadanos. Aseguró que la leyenda de la casa encantada del barrio tenía más visos de ser verdad que la de Antón.

Esas dos historias me despertaron cierta curiosidad, debía decidir por cuál empezaba.

—¿Una casa encantada en el barrio? —pregunté.

—Sí, sí. Dile que te cuente la leyenda —se animó Cintia, desafiando a nuestro interlocutor.

—No sé si la conozco, creo que no me hablaron de ella —le respondió.

—Pues los que te contaron chismes eligieron mal, a no ser que el biruji te haya enfriado la memoria y estés ahora enclavada en el día a día del salón de tu casa —replicó mi tía.

—Qué dices, yo me pongo el gorro cuando salgo de casa.

—Entonces cuenta, va, que lo que ibas a contar era del mismo año —dijo Cintia.

—Cuéntala tú, que puede ser que digas la verdad con lo del biruji —adujo nuestro interlocutor.

—Jejeje —me reí, para luego ponerme seria de inmediato—. Cuéntala, seguro que la conoces bien.

—¡Si es que no la conozco! —dijo nuestro interlocutor—. ¿Es la historia de Agustí Atzeries?

—¡Esa misma!, ¿ves cómo la conocías? —dijo Cintia, animada.

—Es que no creo en estas cosas —respondió nuestro interlocutor.

—¿De qué se trata? —pregunté, mirando a los dos.

—A ver, cuentan que por allá el siglo pasado vivía en este barrio un empresario llamado Atzeries Agustí, o al revés; era un tipo duro de corazón que, haciendo negocios con un gitano que debía ser más ladino que él, lo engañó. Aquel gitano, percatado de la treta, le echó una maldición. Fue esta la razón por la que Agustí, embarcado en la renovación de su inmensa casa, que se caía a pedazos, se arruinó. Desesperado, hizo un pacto con el demonio, mediante el cual este le restituiría su poder y estatus, a la vez que se quedaba de manera definitiva con su alma. Se vio que el diablo cumplió su parte, pues en poco tiempo el empresario ganó el primer premio de la lotería, recuperando su antigua posición. Y a la hora de cumplir su parte, lo quiso sellar mandando esculpir sobre todas las puertas y ventanas de la casa una escultura del diablo, tallada en piedra. Con aquel sello, la *Casa del Dimoni*, como pasó a llamarse, quedó encantada para siempre, impidiendo que nadie la pudiera habitar.

—¡Ooh! ¿Y conoces la casa? —pregunté.

—Sí, no está lejos de aquí.

—¿Y podrías vivir ahí?

—No, no.

—¿Por qué?, si dijiste que eran inventos de la gente.

—No quiero vivir ahí, ya tengo mi casa. Las casas grandes son muy, muy frías.

—Ah. Tía Cintia, cuando pasemos delante me la enseñas, me gustaría verla.

—Pues no es por hacer ningún juego de palabras, pero te va a encantar —dijo nuestro interlocutor.

—¿Entonces Antón vivía por ahí?

—¡No!, la historia de Antón es más real. Verás…

—Creo que tenemos que volver, niña —cortó Cintia, evitando que nuestro interlocutor abordara el misterio.

—Sí —dije, poniéndome en pie—.

De camino a casa nos topamos con una plaza soleada, nos sentamos en un banco y me contó la historia de Antón.

—El sol es fuego, así que lo quema todo, incluida la tristeza.

La miré para que se aclarara y me hizo un gesto de que aguantara. Sin embargo, empezó una historia que no terminó. En el pasado, cuando las cosas no iban bien para las madres, tampoco podían ir bien para los niños que tenían, así que los hospicios se llenaban de niños. Y aquella dinámica afectaba a gente de toda condición, incluido a los negros de la ciudad. Al situarnos en Barcelona, ocurría que los hospicios y orfanatos estaban tan llenos que había que buscar formas de sacar a tantos niños adelante. Bajo este pretexto, los orfanatos tuvieron la concesión pública de organizar los servicios fúnebres, involucrando a los mismos niños acogidos, quienes, ataviados de cierta guisa, acompañaban el féretro con flautas o llantos. En aquel contexto destacó un niño negro llamado Antón. Su historia era más larga, pero Cintia notó que me incomodaba. Aquel día entramos en la Bodega de Oro por segunda vez y tomé lo mismo, y me sentó mejor. Sin embargo, se acercó el dueño y, pensando que era sordomuda, se le ocurrió que, gritando, le escucharía mejor.

—Pregúntale si le gustan los plátanos —dijo dirigiéndose a Cintia, ignorando que era ella la sorda.

—Dice que hoy nos invita —le dije a Cintia, como siempre, en lengua de signos.

Cintia le sonrió y le hizo un gesto de agradecimiento y nos fuimos sin pagar. Imagino que no nos persiguió porque supo que había metido la pata hasta el fondo.

Pasaron semanas, meses quizá, de rutina variada, pues estudiar implica pasar de una cosa a otra hasta agotar un libro entero y de ahí al curso siguiente. En uno de los días libres hice efectiva mi inscripción para la confirmación y supe que la doctrina la íbamos a recibir en intramuros, en la iglesia de Santa Maria del Pi. Evidentemente, había hablado de todo con Cintia, quien ya sabía que debía hacer cosas y estaría pendiente de temas de difícil solución. Lo primero que nosotras teníamos era localizar a Samuel para darle el nombramiento oficial de padrino de mi confirmación. Elegimos a ese individuo por aquello de que los evangelios se habían predicado a los pobres. Era un hecho que quisimos que tuviera cierto carácter retrospectivo. Es decir, que antes no teníamos en cuenta el evangelio y a quién fue predicado, pero cuando supimos que era habitual que el padrino hiciera un regalo a su apadrinado, nos abonamos a la humildad de los cristianos. En todo caso, lo que me debía regalar era o un rosario, un libro de cierto contenido estrictamente cristiano o un cuadro de una santa o santo, cualquier objeto que el confirmado colgaría en su habitación a partir de la ceremonia.

No elegí a Samuel por accidente o casualidad, sin embargo, tuvimos ciertos problemas. Tardamos dos días en dar con él, aunque cometimos un error, un padrino no podía dejar de ser un hombre de probada vida cristiana, a lo sumo, demostrada en su estado civil. Y mi elegido se había separado de Antonia Bosoka, la madre de Gilda, sin precisar el tipo de relación que habían tenido. Cuando surgió ese problema, buscamos formas de arreglarlo y nos convencimos de que esa parroquia no debía ser tan rigurosa, porque debía haber mujeres casadas que estaban postradas en casa, así que no podían salir a demostrar su vieja cristiandad. ¡Pero en España ser cristiano viejo aún tenía valor!

Sabíamos que Samuel Olawujon era cristiano viejo, y no por la influencia de los cuencos de sopa que recibía en los meses más duros de invierno. Quien se hubiera puesto a insistir en la fe delgadita de mi elegido, hubiera sido capaz de fundar una pequeña religión para defenderlo de sus detractores. Les hubiera dicho que una sopa, o algo de comer, no era razón suficiente para seguir una religión. Los enfrentaría a una situación tan delicada para que vieran que la fe mahometana daba de comer alcuzcuz, dátiles y carne de cordero, que eran comida riquísima, y no había en las calles de Barcelona, al menos entre los parroquianos, gente que siguiera aquella fe. O si había alguno, lo hacía a escondidas. Todo este cuento para convencerme a mí misma, y a tía Cintia; hice lo que pude para creer que la Iglesia era de los pecadores. Mirad a San Pedro, cortó una oreja a alguien. El mismo Cristo anduvo con vendedoras de colonias que no se escondían, y la Iglesia nunca ocultó aquellos hechos. Mi defensa hubiera sido, pues, dura. Pero la cuestión ahí fue que Samuel Olawujon se sintió honrado por su elección y bajó la cabeza en señal de gratitud. ¿Verdad que dije que él nunca descuidó su aspecto físico pese a su situación social? Es que ni la Iglesia ni nosotras éramos tontas. Si él hubiera sido un hombre que estuviera yendo en harapos, no habría sido elegido. Es decir, el cristiano podía ser pobre, pero libre de olores y de manchas corporales. No se cita en los evangelios a la vendedora de perfumes por casualidad.

Tuvimos algunas, o muchas preocupaciones, era lo normal en cuestiones en las que no debíamos tener ni experiencia ni práctica, pero aquella idea resultó para mí profundamente beneficiosa. Además, ocurrieron muchas cosas. Al pedirle que fuera mi padrino, el señor Olawujon pensó también en su hija, que ya era cristiana de antes. ¿Por qué no hacía la confirmación si era de la misma edad que yo? El padre se dio cuenta antes y vio que aquella hija suya podía pertenecer a otra parroquia, así que las cuestiones aquellas las debía resolver allá. La Iglesia creía en los milagros, así que debíamos intentarlo. Le dijimos, además, que él había manifestado vivir en la Calle Sant Pere Més Baix, que no estaba lejos de la iglesia de Santa Maria del Pi. Yo sé que la Iglesia sabe mucho, y no creó la orden de los mendicantes por casualidad, así que debía saber que Samuel era de los suyos desde siempre. Samuel habló con algún cura de Santa Anna para que este mediara ante la parroquia de la Virgen del Pi para que la Iglesia ganara un alma más. En aquellos años había en Barcelona mucha gente que quería ser atea, así que todos nuestros intentos estaban encaminados a hacer un bien a la Iglesia. Y todo terminó bien. No al principio, sí al final.

Todos los inscritos empezamos a asistir a los encuentros para el evento. Los padres en una sala y los niños en un rincón de la nave principal. Se había querido que fueran los mismos días para que padres e hijos pudieran irse juntos a casa y nadie se perdiera. Ya desde el primer día supe tendría de compañera a una niña que luego iba a merecer un puesto en mi almanaque. Unos días después, supe que su padre ya había ganado aquel honor. Ella se llamaba Ana María. Anamari, para Gilda y para mí. El recuerdo es imperecedero. Nos vimos el primer día, y como éramos de la misma edad y color, nos tuvimos que presentar y saludar. Yo no sabía si alguna sabía pichinglis, así que nos comunicamos en la lengua de todos. De saberlo, lo hubiéramos hablado cuando lo creyéramos oportuno. Yo no sé qué pensaban ellas sobre aquel sacramento; yo empecé cautelosa, con miedo, pero acabó siendo un paseo. Y es que aprendí a gatear en un orfanato de monjas, y si hubiera querido, hubiera saltado de ahí al noviciado. De doctrina sabía lo básico, suficiente para que pudiera captar al vuelo todo lo demás. O memorizarlo, que era lo que querían.

Por lo que vi, las catequesis se ceñían a las necesidades de la parroquia, así que podían ser largas o cortas. Por lo que supe, ya lo dije, en aquellos años había en Barcelona muchos ateos, o enemigos de la religión, y no se ponían muchas trabas a los que hacían sacrificios para amar a Dios. Hicieron un programa de treinta y un encuentros para que abarcara los temas fundamentales de la religión católica. Y una vez estuvieras inscrito, era muy difícil que cayeras de la lista. En lo que a mí respecta, el hecho de que nos pudiéramos juntar las tres ya era una dicha tan alta que merecía la pena aplicarse. Conozco las cosas de Dios en tiempos de paz, y en una ciudad. La gente tiene prisa y va a lo suyo, así que no podía seguir apretando tanto. Los catequistas podían ser seglares, hombres o mujeres de Dios, o los mismos monjes del vecino convento de Santa Anna. Si así hubiera sido, conocerían a mi padrino, así que sabrían que era un cristiano de fe probada, así que su pupila estaba en buenas manos. Sé que todo cuenta. Y sé que los misterios de Dios son insondables. Etcétera, etcétera. Todo lo que digan, pero estábamos ahí las tres.

Mirándonos desde el punto de vista de la jerarquía eclesiástica, diría que, si todas nos hubiéramos propuesto hacer carrera en el cristianismo, o si nos hubieran juzgado desde la perspectiva de nuestros conocimientos, yo hubiera sido la teóloga, porque sabía más de doctrina. Gilda hubiera sido la verdadera cristiana, porque practicaba, y Anamari hubiera llegado al puesto de obispa o arzobispa. Lo sé. Uno no llega a obispo sin la influencia de su padre. Y de las tres, quien tenía un padre influyente era ella. Me guardé el secreto hasta ahora porque quería dedicarle el lugar que se merecía. Ya dije que nuestra amiga se llamaba Ana María, y su señor padre se llamaba Jorge Dougan, en concreto, Teófilo Jorge Dougan, aquel hombre que había sido entrevistado en las calles de Barcelona y que había sido el primer abogado negro en toda España. Es decir, que cuando dije que su hija hubiera llegado a arzobispa, no exageraba. Pero ella no sabía nada de lo que yo creía, ni creía yo en todo aquello, y no debía estar al tanto de la relación entre los dos hasta que conocí su apellido, no era uno cualquiera.

Las fui conociendo de a poco, en el camino hacia la cita con los conocedores de las cosas de Dios. Íbamos con nuestros padres o tutores. Quien venía de más lejos era Gilda, de un sitio que podría ser el extramuros del extramuros. Lo creía así. Pero el hecho de vernos las tres compensaba el esfuerzo, un hecho del que tomó nota la persona que se encargaba de traer a Anamari.

Eso vino después. Antes y más de una vez, al terminar aquellas formaciones, acabamos en un local con sendos helados en la mano. Era la gloria. Y como nos hicimos inseparables, aquella toma de nota de la que hablé se hizo efectiva y convinimos en que el coche que recogía a Anamari haría una parada en la bifurcación de Passeig de Gràcia para recogerme, así que se convirtió en nuestra estación. Cintia me dejaba ahí, y me recogía a la vuelta. Gilda gozaba de un trato similar, pese a que vivía bastante lejos. Bueno, yo apenas salía de Gràcia, poco conocía, pero podía ocurrir que viviera en un pueblo que respiraba los aires de la ciudad. Supuse también que, si íbamos y salíamos en coche, y alguna vez acabábamos con golosinas en la mano, era porque Anamari había hablado de nosotras a sus padres. No hubiera sido, pues, arzobispa por casualidad.

Destripamos el contenido del credo cristiano en aquellas sesiones, nos explicaron, incluso, la razón por la que el latín era la lengua de la Iglesia, y llegó el día de la confirmación. Yo no diría que fuera gran cosa, pero lo fue. O sea, todo lo grande vino antes. Con el tiempo supe que a mi amiga la arzobispa le correspondía una iglesia que estaba fuera de los muros, porque vivían fuera. Pero algunas cosas seguían dentro de los muros, aunque estos no siguieran siendo tangibles, tenían muchísimo valor precisamente por haber estado intramuros. Una de ellas: la catedral. Por ser quien era, los padres de Anamari querían que recibiera la confirmación en la catedral, pero no pudo ser. El obispo se hallaba postrado o la catedral estaba en obras, pudiendo ser grandes o pequeñas, invisibles desde fuera. Y aquella familia apostó por la basílica de Santa Maria del Pi, elección magnífica, iglesia de superior belleza, a mi parecer. ¿Y saben lo que es el destino? Pues es caprichoso, y en mi caso, oportuno.

Fijada la fecha, los padres de Anamari creyeron que debían hacer acto de presencia. Conocían las reglas de la Iglesia, que no exigía un vestido especial para la confirmación. Pero el primer abogado negro de Barcelona y la señora Thompson, la madre, vieron que no les costaba nada que se viera el brillo que eran capaces de producir. Y dijeron que, si pudieran echarnos una mano para que aquella vez brilláramos, no dudarían en ayudar. De esta forma, la misma madre nos llevó a una tienda a la que no cualquier barcelonés de a pie no entraba. Diré su nombre, se me quedó grabado: El Dique Flotante. Aquella tienda de moda estaba bastante cerca de las tres iglesias que dirigían nuestras vidas aquellos días y estaba, precisamente, en una calle en la que había estado una de las puertas de la muralla de la ciudad, tal era así que aquella se llamaba El Portal del Ángel. Claro, pensé, con estas tres iglesias mandando sus aires por todo alrededor, el sitio debía estar lleno de ángeles. No sabía lo que era un dique, pero sí que yo flotaba en el interior de aquella tienda de nombre mítico, El Dique Flotante.

VI

Pese a aquel renombre, las prendas que escogieron por nosotras costaron nada, o casi nada. O nada. No era frecuente que tuvieran modelos de nuestra condición, ya sea por edad, por color, por belleza, y también por riqueza, así que nosotras íbamos a ser las primeras chicas negras en prestar nuestra imagen a los catálogos que hacían. Salió un negocio redondo. Sí que alguna prenda debió sufrir algún ajuste, pero había modistas a nuestra disposición, y sin salir uniformadas, fuimos tan conjuntadas que la iglesia de Santa Maria de Pi se encendió el día de nuestra confirmación. Eso sí, estuvimos siempre sujetas a las sugerencias o indicaciones de la iglesia en cuanto a lo que a moderación se refiere. Sin embargo, no fue impedimento para que deslumbráramos por un día, en medio de los gentiles. Lo digo porque he leído mucho la Biblia y salen mucho los gentiles, siendo nosotras mucho más cristianas que los que nos rodeaban. Si no, quién podía dudar de que estábamos donde estábamos por unos hombres que eran de una cofradía de la Moreneta. En aquellos días, u horas, estaba en la gloria, y no por la ropa. Estaba rodeada de chicas que se merecían el primer lugar en el almanaque; para Gilda había elegido ya el mes de diciembre. Casi se adelantó, pero aquellos vestidos y aquella devoción se merecían ser consagrados al mes de la Navidad.

El día de mi confirmación Cintia me acompañó a la iglesia y lo entendió todo. O no entendió nada, pero vio lo que se hizo. En una misa dicha en latín lo importante no era entender, sino estar atento y no hacer ruido ni molestar a nadie. Y eso la Iglesia lo sabía de sobra. Porque si no, hubiera propuesto al poder que impusiera el latín en la educación y en la calle. Durante siglos estuvieron creyendo que la religión católica atraía porque la gente no entendía su rito principal, la santa misa. Ahora siento pena por los que murieron desconsolados porque, en sus horas finales, las últimas palabras de aliento cristiano no fueron dichas en aquella lengua santa, el latín. Preferiría que las palabras que pusieran en mi tumba fueran en latín. Tendría mis huesos ahí, bajo tierra, y todo sería profundamente más solemne. Bueno, me desvié. Al final de la ceremonia, el padre de Anamari nos llevó a un restaurante y ahí nos dieron a comer cosas ligeras. No hubiera estado bien que escandalizáramos al Espíritu Santo con el vicio de la gula. Creo que entre los mayores que nos acompañaban hubo un arreglo que no vi. Quizá se quedaron fuera fumando, qué sé yo. Cuando llegamos a casa, se lo expliqué todo a tía Cintia como si no hubiera estado.

Ese arreglo que no vi fue algo significativo. Acabábamos de recibir la confirmación y no podíamos tener ojos para todos, además, queríamos estar juntas para gozar de aquel día. Los adultos estarían solo atentos a nuestra alegría: la madre de Anamari y otro hombre. También pudieron ser el conductor, el padre de Gilda, Samuel, y tía Cintia. Ellos fueron los que en un momento estuvieron fuera de nuestro campo de visión. Reflexioné sobre ello: no debían tener un canal de comunicación entre los tres, y razones no faltaban. Primero, mi tía era sordomuda, así que no sabría comunicarse con los otros, que no conocían la lengua de signos. Segundo, la familia de Anamari se relacionaría poco con un hombre como Samuel, pues los primeros vivían fuera de los muros, mientras que el padre de Gilda dependía a veces de un cuenco de sopa de Santa Anna. Se mirarían, Samuel les daría las gracias y todo terminaría ahí. Sé, lo he visto varias veces, que los más pobres no inician una conversación con los que más tienen. Tercero, entramos en aquel local por culpa de nosotras tres, las chicas. Y lo sé porque lo más probable era que Anamari hubiera sido agasajada en otro lugar, con una gente de la misma clase que sus padres.

Queridos padres de mi amiga Anamari: no sabéis el gran bien que nos habéis hecho. Jamás pondré mala cara porque no cupiéramos en vuestra agenda, ya que sí cabréis siempre en la mía, y por vuestra hija. Hice este reconocimiento de gratitud y seguí pensando que tenía razón en lo que había visto, juzgando por la comida ligerísima. Claro, ahí arriba, donde vivían, se iban a poner las botas con gruesas viandas. Lo que no sabían era que las untuosas comidas a las que se habían acostumbrado hubieran supuesto para mí pesadas bombas culinarias, porque había nacido en un sitio en que lo delicioso era extraordinariamente sencillo, siendo excepción lo que conocí después, las licencias que se otorgaban los fernandinos. De hecho, Anamari y su familia eran fernandinos. Además, hubiera sido demasiada carga para el Espíritu Santo que, nada más disolver la sagrada forma en tu lengua, castigaras tu estómago con ingente y extraña cantidad de comida. La vida cristiana, máxime en aquella jornada, no esperaba aquel desenlace. No puedes estar treinta días sometido a mensajes que recomiendan moderación y acabar el día decisivo imitando a los paganos. Si yo no creyera en el Espíritu Santo no sabría de dónde me venía el ingenio para expresarme de cierta forma, francamente.

Como aquella confirmación había tenido lugar cerca de fin de curso, tía Cintia me felicitó, y sentenció que nos merecíamos unas vacaciones. No sabía mucho lo que era, pues nunca habíamos ido a ningún sitio, pero me dijo que siempre había tiempo para las novedades, así que iríamos de excursión a Piscinas y Deportes.

—¿Dónde es? —pregunté ansiosa.

—Ya lo verás.

Me indicó lo que sería necesario para el sitio y salimos de casa. Íbamos a tomar un tranvía que nos llevaría hacia arriba, muy arriba. Y como ya habíamos hablado bastante de extramuros, supuse que en aquellas *arribas* estarían los que se escaparon de cualquier cosa que viniera del mar. Los ricos. Vaya, las cosas habían salido tan bien que Cintia me llevaba de vacaciones. O de excursión, pese a que no le gustaba tomar ningún vehículo. Aquel sitio no estaba tan lejos de Gràcia, así que no hicimos mucho tiempo en el camino. Nos bajamos y atravesamos unos bosques y luego toda aquella magnificencia se mostró ante nosotros con todo su esplendor. Viviendo en Gràcia, no podía imaginar que hubiera en Barcelona un sitio como Piscinas y Deportes. Me quedé con la boca abierta de lo grande y monumental que era. ¿Por qué no había algo así en cada barrio? Y se lo pregunté a Cintia.

—¿Para qué? —me contestó.

—Para poder ir todos los días —respondí.

—Entonces habríamos perdido nuestras casas.

—Se podría hacer uno más pequeño.

—Eso sí —respondió, sabiendo que necesitaba todo el tiempo para explayarme delante de todo aquello.

Y como aquella visita era para ella un regalo que me hacía, se acomodó en un sitio protegido del sol y dijo que tenía su permiso para hacer un reconocimiento, con tal de que no me perdiera. Y entonces, claro, me acerqué a lo que más me impresionó, la piscina. Piscinas y Deportes era un inmenso complejo, pero el agua, una cantidad tan grande de agua, impresiona más. El mar lo conocía, de haberlo visto desde un puerto, y desde el barco, pero no lo veía accesible. Además, toda el agua de aquel complejo estaba habitada. Había bañistas de todos los niveles. Fuera del agua, gente mirando, yendo a otros sitios del complejo o, como tía Cintia, descansando en una hamaca, sin intención de hacer nada más. No puede ser, me decía, no puede ser. ¿Por qué no hablan de este sitio en la escuela? Y como la curiosidad era mucha, me fijé en el sitio en que estaba Cintia y, de manera tímida, me alejé para seguir conociendo mucho más de aquel lugar. Lo miraba todo, y en una mesa, vestida todavía, vi a una niña de mi edad, de mi color, en compañía de una monja. Todo era impresionante, aquel estado hizo que quisiera decirle algo o que creyera que ella me estaba esperando, así que cuando alzó los ojos y me vio, ya estaba yendo a su encuentro.

—Hola, eres Ana, ¿verdad?, ¿eres tú? —me preguntó.

—Sí, soy Ana. ¿Entonces me conocías? —respondí.

—No, pero te he visto en una foto que os hicieron con mi prima Ana.

—¿Ana? —pregunté, en un intento pequeño por fruncir el ceño.

—Sí, Ana María, hicisteis la confirmación juntas.

—¡Ooh! Sí, sí. Pero no nos hicieron fotos.

—Sí que hicieron, solo que no te diste cuenta. Yo me llamo Salomé, y esta es la madre Imelda.

—Buenos días, madre —saludé.

Aquel encuentro lo reventó todo. Descubrí que había estado en las nubes el día de la confirmación, pero no sabía que tanto. En todo caso, no recordaba... Ah, sí, nos hicieron unas fotos en El Dique Flotante, pero antes de entrar en aquella tienda ya estaba en las nubes, así que era normal que no me acordara. Nunca me habían hecho fotos hasta aquella fecha, aunque no me di ni cuenta.

—¿Y vives con Anamari?

—No, suelo estar en un internado que está cerca de aquí, y puedo ir de vacaciones a donde quiera, pero Guinea está lejos. Además, tengo que recuperar algunas asignaturas.

—Ah. Yo vivo en Gràcia con mi tía, está ahí, y voy a un colegio del barrio. Ven, te voy a presentar a mi tía. No tardaremos —dije mirando a la monja.

—No os perdáis —nos contestó, sonriendo de manera seria.

Entonces anduvimos el trecho que hice anteriormente y nos plantamos ante Cintia.

—Hola, tía Cintia, esta es Salomé, prima de Anamari. Ha venido con una superiora.

Cintia le extendió la mano. No hizo falta aclarar que era sordomuda. La novedad impresionó tanto a Salomé que no dijo ni pío, sin embargo, después no dejó escapar la ocasión.

—Oye, ¿y cuándo aprendiste a hablar con ella? Adiós tía —añadió, haciendo el gesto de adiós a Cintia porque nos alejábamos.

—Cuando vine. Fui a un centro de mi barrio. Es un local de los sordomudos, me enseñaron ahí.

—Ah. ¿Sabes por qué me interesa? Porque quiero ser maestra.

—¿Tú quieres ser maestra?, ¿te gusta?

—Sí. Antes no me gustaba, pero ahora sí. Bueno, es lo que querían mis padres.

—¿Entonces vas a volver a Santa Isabel cuando termines?

—Sí. ¿No vas a volver?

—Volveré, sí.

—Y ¿qué quieres estudiar?

—Ya lo sé, haré corte y confección.

—¡Ooh!

—¿Te gusta?

—Sí.

—Luego estudiaré otra cosa.

—¿Dices que tendrás dos oficios?

—Sí, siempre se puede.

—Ah. Bueno, creo que sí. Miraré qué otra cosa me gusta. No podría hacer corte y confección porque la enseñanza exige muchas horas de dedicación. Pero veré. Vamos a ver a la madre para que no crea que nos hemos perdido.

—¿Es la primera vez que vienes aquí?

—Yo, sí. ¡No!, vine el otro día, pero no me bañé, tengo miedo de los tiburones.

—Jeje, no creo que haya tiburones aquí. Es una piscina.

—Sí, pero no me meto. ¿Te vas a meter?

—No sé nadar, ya me acostumbraré —le contesté.

—¿Acostumbrarte? ¿A qué? —me preguntó Salomé.

—A este sitio. No puedes hacerlo todo el primer día.

—Es verdad. Y cómo conociste a Ana María.

—La conocí en la catequesis. ¿Es tu prima?

—Mi sobrina, porque la madre de su padre y mi padre son primos.

—Ah, vaya. Sois muy cercanos.

—Sí.

—¿Y naciste en España?

—No, no. En Basilé, mi madre es bubi.

—Ah. Yo nací en Santa Isabel, y espero volver siendo modista. Espero estar ahí cuando vayas a tu primera escuela. El día de entrega de notas podrías lucir un vestido mío.

—¡Claro!, ¿pero por qué lo reservarías para el día de entrega de notas?

—Porque supongo que, al estar en España, volverías con ropa comprada aquí, así que el primer día sería de estrenarlo todo, escuela, ropa, y palo para pegar a los niños.

—Puede ser. Entonces supones que al final del curso

lo que hubiera llevado de ropa habría envejecido y, para no pasar vergüenza, me compraría un vestido tuyo.

—Sí, exactamente, jeje. ¿Ves cómo lo has entendido?

—Entonces lo haremos así. Tu idea de aprender otra profesión me ha gustado. Pero ahí en Guinea una maestra tiene que ir a la finca, así que podrá hacer pocas cosas después de la escuela.

—Pero se puede ser maestra y no ir a la finca. No creo que los maestros de aquí tengan fincas a las que suelen ir. Quería decir maestras.

—Ya lo has dicho, no van porque no tienen.

—Bueno... Voy a preguntar a mi tía si se bañará. Espero verte otro día.

—Yo también espero verte más. Las madres no pueden bañarse en un sitio como este, así que seguiré mirando. Si no nos vamos pronto, te volveré a ver.

—De acuerdo.

Y nos volvimos a ver, pero fue cuando pasamos delante de ellas, porque íbamos a dar una vuelta antes de volver a casa. El encuentro fue tan grato como la impresión que me dejó el sitio. La piscina aquella tenía un puente con trampolines desde los que se tiraba al agua, haciendo piruetas o no, actividad a la que eran aficionados los chicos. Se divertían mucho haciendo aquello.

Seguro que Salomé también los vio, y habría pensado que aquella afición era mucho más peligrosa de lo que yo creía, pues con un solo salto cualquier chico podía terminar en la boca de un peligroso tiburón. Piscinas y Deportes era la primera playa que conocí, y no lo era. Al final del recorrido, Cintia me llevó a un puesto y compró un helado para mí y otro para ella. Y entendí que la edad no era un impedimento para disfrutar de ciertas cosas. Tan contenta andábamos que no cogimos el tranvía en el sitio que debíamos, sino que hicimos algunos tramos a pie. Había mucha gente, que parecía pobre, que iba a Piscinas y Deportes andando. Supongo que ahí, con tanta gente, y con los puestos de comida, pedían algo de comer y luego se refrescaban en la piscina, y así se irían limpios. Quien se excediera en la mendicidad y en el desaseo podía acabar expulsado de la ciudad o retenido por los agentes de la ley. A veces pienso en estas cosas y siento rabia, pues por las mismas me hubiera quedado sin alguien que me apadrinara el día de la confirmación.

Me asombré de la facilidad con la que los fernandinos estaban relacionados. El primer abogado negro de España era fernandino, y si no hubiera conocido su nombre, no lo hubiera relacionado con Salomé, quien parecía una niña cualquiera en España. Pues no lo era, ya que iba a estudiar Magisterio, algo que no estaba al alcance de cualquier niña guineana. Los dos formarían parte de mi calendario, pero por distintas razones, aunque las mismas descansaban en la cantidad de recursos de que disponían. Cuando conocí Piscinas y Deportes y vi a Salomé, creí que ya tenía suficientes nombres para confeccionar mi calendario. Pero me di cuenta de que nuestra conversación pudo haber sido más rica, porque apenas le hice preguntas que me llevaran a las respuestas que necesitaba. Luego pensé que había sido la primera vez, así que no podíamos haber hablado como si yo fuera a todos los sitios con una lista de preguntas. En otras circunstancias le hubiera preguntado si había estado en la Casa de la Guinea Española, si recibió un regalo de ellos o si sabía cómo se mandaba una carta a Santa Isabel. Y tenía que haberle preguntado si había conocido a Montserrat Sañabá, nuestro faro. Y por las razones por las que no se confirmó con nosotras y cómo no estuvo el día en que Montserrat celebraba su onomástica. Debía haberle preguntado si sabía cómo se iba a la calle Condal. Una vez ahí, sabría ir al número 32 por mi cuenta.

Como seguíamos de vacaciones, pensé que eran los días propicios para pensar en el almanaque. Empezaría repasando los nombres que tenía y me aseguraría de haber alcanzado el máximo para llenar el espacio disponible de doce meses. Ya tenía pensado qué hacer con las personas de mi edad a las que había conocido. Me puse a pensar en serio sobre todo aquello y fui relacionando ideas y me acordé de que habíamos recibido un tapete. Fue un regalo que nos enviaron durante las navidades, que tenía un reverso con un mapa de España en el que había unos puntos en el mismo. Como había sido un obsequio de la comunidad fernandina, supuse que los puntos serían las ciudades en las que habría alguno de ellos. Aquello me dio una idea para el almanaque. En cada hoja pondría a las personas elegidas y las ciudades en que vivían, cerca de la profesión que tuvieran. O cualquier cosa que se me ocurriera. Entonces empecé a pensar que debía de haber algún brujo de la comunidad fernandina que había adivinado que quería hacer un almanaque, así que me mandó aquel regalo. Y pensando en aquel almanaque, nunca se me olvidó que Gilda Olawujon había pedido ser la que apareciera en navidades. Ya verán, las navidades no son fiestas para estar en soledad, así que decidí que ella no estaría sola. Bueno, el hecho de que su primer apellido sea aquel hizo que pareciera extranjera, cuando su madre era Antonia Bosoka, bubi.

Estábamos de vacaciones y no tenía nada oficial que hacer, además de que unas temperaturas más elevadas hacían que mi cabeza se aliviara de algunos pensamientos. Pese a ello, constaté, a lo largo de los años, que en verano tenía más nostalgia de Guinea. El calor me hacía sentir que estaba ahí. *Ahí* sería, en todo caso, zarpar en barco, viajar hasta Santa Isabel, desembarcar, subir por la catedral e ir recto hasta encontrar la carretera que iba al cementerio. Era esa la que nos llevaba al orfanato, luego de hacer un desvío hacia la derecha. Luego entrar por la puerta. He hecho el recorrido de lo único que conocía de Santa Isabel, y era lo que recordaba cuando notaba el calor en los costados durante los meses de verano. En estos días bajaba y me encontraba en las plazas con adultos tomando cualquier cosa, con otros niños, y algunas veces juraba darles trabajo, así que me desenvolvía únicamente como niña sordomuda. Recuerdo que una vez conocí a un niño ya mayorcito que se chupaba los dedos, y como me miraba como si fuera más raro que él, le dije en lengua de signos que podía ser guapo, pero era más blando que una oveja. Me miró, hizo un gesto de afirmación, como dándome la razón, y luego fue a hablarle al oído a su madre, señalándome. Vino aquella mamá y me preguntó por lo que le había dicho, señalándome con el dedo. Le dije en lengua de signos que aquel hijo se chupaba el dedo para fastidiar, y que necesitaba un hule. Aquella mujer no dejó de señalarme con el dedo y dijo:

—Que sea la última vez, grosera.

Yo no sé lo que entendió, y recordé que los niños blanditos se acostumbraban a mear en la cama. Quizá era porque conocí a más de uno en el orfanato. Para ellos se ponía un hule sobre el colchón, luego una sábana. Y se debía lavar todos los días. O todas las mañanas antes de ir a la escuela, que estaba ahí mismo. Yo no veía ninguna grosería en todo aquello, y quizá fue mi primera pelea en España. Aquella mamá podía llamarme grosera, pero no se iba a librar de meter la mano en agua fría cada mañana.

Estuvimos todavía en verano y a mi tía se le ocurrió, algo tarde, darle las gracias al dueño de la tienda El Dique Flotante por la merced que nos hicieron ejerciendo de padrinos económicos de nuestra confirmación. Aquella idea la presentó bajo otra excusa, como ir a buscar cualquier cosa por la zona aquella. Fue en el camino que me lo dijo. No sabía si el dueño era una dueña y si estaba ahí.

—¿Para qué? No creo que sea necesario, pues ya los padres de Ana María les dieron las gracias.

—Ahora nos toca a nosotros —me dijo.

Como no me molestaba bajar allá, al contrario, le dije

que sí, o dejé de presentar objeciones. Anduvimos bajando el Passeig de Gràcia hasta Portal del Ángel. Habíamos estado andando por el lado derecho, porque nos entretuvimos mirando a un titiritero, y luego nos dimos cuenta de que la tienda buscada podría estar al otro lado. Miré arriba y vi que estábamos en la calle Santa Anna, así que ahí cerca estaba el convento al que gustaba ir el padre de Gilda. Nos dirigimos al lado izquierdo, porque recordaba que por ahí estaba la tienda buscada, y al mirar arriba otra vez, leo que la calle había cambiado, y estábamos ¡en la calle Condal! Claro, me acordé. ¡Como no me iba a acordar! Se la enseñé, toda alborozada, a mi tía.

—Mira —le señalé la placa.

—¿Qué tengo que ver?

—Esta es la calle Condal

—¿La calle Condal? ¿Ahí está la tienda?

—No, la tienda, no.

—Entonces, ¿qué hay en esta calle?

—De esta calle, el número 32, nos mandaron el regalo de Navidad.

—Te acuerdas, ¿eh? —me dijo.

—Claro, cómo no me voy a acordar si fue mi primer regalo. Bueno, también tuyo. No se olvidan los regalos. ¿No queríamos agradecerles? Mejor hacerlo de palabra, ¿no?

—Supongo que quieres ir allá, no te diré que no, viendo tu entusiasmo.

—Entonces vamos primero ahí, luego iremos a la tienda— le dije.

Fuimos a la sede aquella, y cuando volvimos, la tienda estaba cerrada, bien entrada la hora de comer. Pero no lo lamentamos mucho; yo, mucho menos. Todavía no me había armado de argumentos para hacerles tal visita, a pesar de que sí quería ir a aquella tienda, y sí quería ir a todas las tiendas que tuvieran ropa. Diría que el hecho de que hubiera conocido El Dique Flotante acabó de afianzar la vocación de modista. Lo reconozco. Y tengo que decir que gocé como una cangreja durante la formación en corte y confección. Al final supimos que había pocos remilgos en que cualquiera tuviera un título del ámbito privado, habida cuenta de la cantidad de corrientes, movimientos e intereses que había detrás de la industria y el arte de hacer ropa. Así que siempre había la posibilidad de alternar la educación pública con la privada. Cierto, lo reconozco, salté directamente de la visita al número 32 de la calle Condal a la alabanza sin medida del proceso de confección de la ropa. Aquello fue porque pasamos por El Dique Flotante y vi necesario rendir un homenaje a la tienda. Si algo ha tenido una influencia en una, hay que reconocer esa influencia. Era probable que, si no hubiéramos querido ir a la tienda aquella, no hubiera sabido dónde se encontraba la calle Condal, pues no éramos conductores de vehículos, no trabajábamos como agentes callejeros de correos ni éramos alguaciles, o agentes de la ley. Al llegar el momento, seguiré hablando de la visita a la sede del número 32.

Cuando tomé contacto con el mundo de hacer ropa, había una división clara entre los que confeccionaban la ropa de las mujeres, las modistas, y quienes hacían la de los hombres, los sastres. Y si fueras a un puesto de las primeras, te dirían que su santa patrona es Santa Lucía; y si te tocaba visitar a un sastre te diría que ellos rinden culto a San Homobono de Cremona. Aprendí aquello y que aquella santa era igualmente la patrona de los oculistas, y así debía ser. La razón era simple: quien fuera incapaz de enhebrar, aunque sea una aguja en cuyo ojo pudiera entrar un camello, jamás sería modista. Además, el hecho de que el santo patrón de los sastres fuera de Cremona y se llamara Homobono era la prueba de que los hombres empezaron a presumir de sus suntuosos vestidos desde la noche de los tiempos. Lo digo porque Cremona no era un lugar del que se hablara, así que no existía. ¿Y Homobono? Tengo que decir que me sentí atraída al mundo de los hombres y mujeres bien vestidos por los fernandinos. Quien tenga alguna duda, que vaya a la casa que la abuela de Valerina Vivour tenía en Barcelona.

La llamada de los dioses o las musas era capaz de hacerte producir cualquier ropa haciendo los cálculos y los dibujos en tu cabeza, o tomar las medidas con mirar una sola vez a tu cliente, o víctima. A esto se añaden todas las herramientas que conocemos, y que nos imponen, porque había que enseñar a los que carecían de aquellas habilidades, y también porque muy pronto, en el recorrer de la historia, fue norma que a los soldados se los mandara a la guerra uniformados. Si no hubieran tenido aquella idea no cabría en el mundo la cantidad de sastres que pudieran atender a los generales de los ejércitos. Esta breve historia, que se da en todos los oficios, es la que introduce tu profesión en la Historia, justificándola. Luego una ya se enreda con la técnica. En el sitio donde aprendí, la mujer que ahí dirigía nos dijo que lo primero que había que hacer cuando uno se enfrenta a una cosa difícil era mirar. Mirar varias veces y estudiar, incluso, cómo la modista busca el lápiz que tiene metido entre la oreja y la sien.

—¿Te has subido a un árbol alguna vez? —me preguntó la maestra la primera vez que fui a tomar las lecciones en su taller y academia.

—Sí —le dije.

—Pues en esta profesión uno debería actuar como si se subiera a un árbol alto por primera vez. Cuando llegues a la cima, y cualesquiera que sean las razones por las que te subiste, sea para coger un nido, sea para robar los frutos del vecino, lo primero que tienes que hacer es quedarte quieto por varios minutos antes de hacer cualquier cosa. Si no, podrías tener vértigo, o demasiado respeto a la altura, y llevarte un gran susto. Con la enseñanza del corte y confección deberías hacer lo mismo. Quedarte quieto y perder el miedo.

VII

Dos semanas me tuvo sin hacer nada que sobrepasara a *alcánzame estas tijeras, nena.* Solo tenía que mirar. Si hubiera sido impaciente, hubiera dicho que aquella señora no quería enseñarme nada. En casa, de hecho, tuve que mentir cuando tía Cintia me preguntaba si había aprendido algo. Creía que no, pero sí había aprendido. Eso sí, sin saberlo. Aquella maestra era una sabia. Lo que dije de los ejércitos es lo que más influyó en la moda, aunque la profesión no lo reconozca. Me estoy refiriendo a la necesidad de hacer cualquier producto en serie, como los uniformes. Pero de tallas diferentes. Y cada vez que quisieras hacer el mismo modelo, tenías que hacer un dibujo nuevo sobre el papel y poner las medidas. Era lo que se hacía hasta que los alemanes inventaron el corte de oro. Cuando empecé a estudiar corte y confección ya había llegado a Barcelona lo que se llamó así, corte de oro. Un sistema que te permitía traspasar las medidas al papel, permitiendo hacer prendas de tallas diversas con la misma forma. Haciendo aquel proceso, solo quedaba cortar y coser, después de haber trazado en la tela elegida el dibujo del papel. Cuando supe que aquel patrón había venido de Alemania confirmé el dato de los uniformes de los ejércitos.

Con el corte de oro cualquiera podía tener acceso a un montón de patrones, sin embargo, el toque personal de una modista lo conseguía diseñando prendas fuera de aquel sistema, hallazgo que podía multiplicar basándose en las medidas del pecho y cadera de la mujer. Bueno, quien no tenga ninguna vocación por la costura y alta costura, creerá que es un rollo padre, pero quien tenga la vocación saliéndole por los poros lo entenderá enseguida. Una que aprende costura lo hace para abrir camino en soledad y, desde la nada, tiene que aprender igualmente las tareas anexas, como zurcir, doblar, pespuntear, ribetear, hilvanar, etcétera. Y, ay de ti si no eres mañosa o creías que la profesión de modista sería sencilla. He hablado del corte de oro y de algo muy específico del campo de la modistería. Debí decir que el que estudiaba corte y confección en un centro oficial salía capacitado para montar una empresa textil si tuviera el capital. Con una fábrica en la que haría ropa para dos sexos y para todas las edades y tallas. Otra cosa distinta es si ejercías solo como sastre, o como modista. Hubo prendas que al principio eran de hombres, como el pantalón, que luego saltó al armario de las mujeres, muy despacio. Y fue durante mi ejercicio que entendí que el corte de oro no era suficiente para hacer que las prendas cupieran en los cuerpos de las mujeres de ciertas etnias guineanas. Es decir, en Guinea había que innovar o improvisar.

Con el tiempo, cuando entras en materia, vas aprendiendo algunos términos. Por ejemplo, en aquellos años todas las faldas se hacían en *évasé*. Al tiempo, y en otros países menos atados a la religión, los pantalones también, resultando en prendas muy elegantes que daban distinción a quienes las portaban. En definitiva, si aprendes costura en un taller te haces con un bagaje de trucos para salir airosa de situaciones embarazosas cuya solución está fuera del corte de oro alemán. Y una de aquellas situaciones embarazosas surgirá con la pelea que tendrás con la máquina de coser para acabar de domarla. Existe, pues, la doma de máquina en las clases de corte y confección. Tal doma incluye el dominio del ensartado de los hilos para que jamás eches la culpa de los vergonzosos enredos a la calidad del material.

Ahora sí: el día de nuestra visita fallida a la tienda de moda El Dique Flotante tuve uno de los encuentros más importantes de mi vida en Barcelona. El local estaba poco concurrido, se veía desde fuera. Tocamos y nos abrieron. El hecho de que fuera menor y negra les sorprendió, y más saber que quien iba a hablar allá era yo. Nos abrió nada menos que el secretario de la asociación, Enrique Roselló Pons, quien nos dijo quién era cuando nos llevó a su despacho. Después de las presentaciones, les dije que mi tía y yo habíamos ido allá a darles las gracias por el regalo. Era la introducción más concreta, no vas a mandar un regalo a un desconocido. El lugar era pequeño, pero supongo que tenía lo necesario para sus actividades. Nos había abierto por casualidad, solía estar en el despacho. Era amable, joven y entusiasta. Bueno, cualquier hombre que tuviera la edad de Cintia, una mujer que no se bañaba en Piscinas y Deportes, era joven. Estaba contento de recibirnos, dispuesto a mostrarnos el local, dispuesto a hablarnos de Guinea. Y con toda aquella buena voluntad, hablaba como si no le hubiera dicho que Cintia era sordomuda, pues se dirigía a ella con toda naturalidad. Así que dejé que hablara, sin preocuparme en traducir. Quería conocer ciertas cosas concretas, y podían salir a la primera, o tal vez debería preguntar de manera específica. Quería saber cuántos negros había en la asociación. Quería saber cómo hacerse miembro. Quería saber a qué se dedicaban, si conocían Guinea, si sabían de mí, y qué sabían.

Pero no necesité hacer tantas preguntas. El secretario se creía en la obligación de ser amable con nosotras. Y como lo que estaban haciendo en Guinea era para el beneficio de los negros, debían hacerme la promesa de que ayudarían a toda joven guineana que, como yo, quisiera tener un oficio para ser, el día de mañana, una mujer de provecho. En la asociación tenían una sala de juntas en la que había fotos y mapas diversos de *La Guinea Española*. Hombres, paisajes, construcciones, trabajo colonial. Y en el tablón de anuncios había avisos y comunicados sobre temas variados y sobre puestos vacantes de trabajo en Guinea: capataz, operador de grúa, conductor y operador de excavadora, tornero. Había información renovada de las salidas y llegadas de barcos que iban y venían de Guinea. Supe que tenían un archivo de *La Guinea Española* hasta aquella fecha, y de otras publicaciones en las que se hablaba de Guinea o de guineanos. Tenían otro archivo con las actas de las reuniones de la asociación. Sin duda alguna, y de manera definitiva, aquel lugar era mi sitio.

—¿Y quiénes son los otros guineanos que son miembros de esta casa? —le pregunté—. Es que quería saber si…

—Mira, casi todos son conocidos, algún descendiente de Jones, Dougan, Kinson. Podríamos llamarnos Casa Fernandina. O Hispano Fernandina.

—¡Ooh! ¿Pero hay gente nacida en los poblados?

—¿Te refieres a los indígenas? Bueno, digo de los que no son fernandinos. Los fernandinos se han mezclado mucho, ¿eh?

—Sí, hablo de los que no son fernandinos. ¿Vienen aquí?

—Claro, vienen, pero no son numerosos. Mira, Tarsicio Ondo es pamue, pero totalmente civilizado, un escultor comparable a los nuestros. También tenemos a Manuel Morgades, que es annobonés, de la gente más lista de Guinea, y a Fernando Tobileri, que es bubi, hijo de uno de los primeros emancipados de la isla. Son socios y amigos nuestros. De hecho, es probable que Don Manuel pase por aquí por un asunto. Precisamente por ello lamento no poder hacer el aperitivo con vosotras. Lo espero aquí para tratar un tema importante.

—No se preocupe, señor, muchas gracias. Recibimos la tarjeta postal con la fotografía de la escultura de Tarsicio Ondo. Cualquier día podría pensar que seré una escultora el día de mañana.

—Sí, como te dije, Tarsicio tiene un gran futuro; veremos si no se desanima, porque esta gente a veces pierde la constancia, ¿sabes? Con lo que nos está costando. En cuanto a ti, ya sabes, nos felicitaríamos si en nuestra comunidad nacieran personas de talento. Ya sabes que tendrás nuestro apoyo en cuanto despunte el ingenio. No lo dudes.

—Yo quería preguntar si los socios que no eran guineanos conocían Guinea, si habían ido.

—Sin duda, sin duda. Muchos de los socios de nuestra asociación han estado en Guinea y tienen negocios allá. Como habréis leído, nombres como Nauffal, Sendrós, Vilá, Inasa, Hacienda Rosita, Mora Mayo y otros tantos son ampliamente conocidos en la comunidad guineana y sus promotores han estado ahí, y machete en mano, abrieron el matorral espeso para poner la primera piedra de sus explotaciones. Los que no han muerto allá, porque se han salvado a tiempo, han dejado el paso a sus hijos o a otros socios y están con nosotros, mirando las cosas a distancia. Por ejemplo, tenemos de socio al señor Casajuana.

Hablamos así, yo hacía las preguntas y él respondía. Cintia, por su parte, debía saber que el entusiasmo por Guinea podía provocar aquel estado y se mantuvo tranquila. Nos acompañó con la mirada y se detuvo en algunas fotos. Era la primera vez que oía hablar de un annobonés, o de los annoboneses. Fue un intercambio muy diplomático.

—¿Y cómo podría ir a trabajar una mujer en Guinea? ¿Hay trabajo para mujeres?

—¿Lo dices para cuando seas mayor? ¿Qué es lo que te gustaría hacer?, ¿qué vas a aprender?

—Haré corte y confección.

—Corte y confección, excelente elección. A medida que pasen los años irá abriéndose el campo a nuevas profesiones. Tiempo hubo que en Guinea solo hubo un par de misioneros, y mira dónde estamos ahora. En pocos años la sastrería será un negocio boyante, basta con que pierdan el miedo a civilizarse. Pero ya que has preguntado, hoy por hoy cualquier mujer puede ir en compañía de su marido. ¿Cuántos años tienes?

—Cuando vuelva a Guinea, iré con una profesión.

—O a trabajar de maestra. También suelen ir las misioneras. Hay muchas mujeres que trabajan de criadas, pero a estas las contratan allá. Algunas han venido con sus jefes a la Península.

Y ahí no pude seguir, pues lo que le hubiera preguntado era si una mujer no podía ir sola a Guinea. Y creo que aquel hombre amable se hubiera enredado ahí, algo que ya había empezado a hacer. En realidad, aquella conversación no terminó ahí, sino que discurrió por temas que juzgué provechosos hasta que nos despedimos de él. En el camino a casa, o yendo al Dique Flotante, le pregunté a tía Cintia por lo que era un capataz.

—Un hombre que está a cargo de los trabajadores en una explotación agrícola.

—Ah. ¿Cocina para ellos?

—No, se encarga de que avancen en el trabajo, que no pierdan el tiempo. O sea, que no dejen de trabajar.

—Pero, ¿por qué dejarían de trabajar unos hombres que han sido contratados en libertad?

—Porque pueden volverse perezosos o porque no sabían que el trabajo era tan duro.

—Ah, ¿y cómo consigue el capataz que vuelvan al trabajo?

—Antiguamente el capataz utilizaba un látigo.

—¿Utilizaban un látigo para hacer que los contratados no se sentaran o no descansaran?

—He dicho que el látigo se utilizaba antiguamente, y era para los que holgazaneaban, no para los que descansan cuando toca.

—Pero hemos visto que se necesitan capataces en Guinea, ¿verdad?

—Ahora son distintos. Ya no usan látigos.

—Ah. Me gustaría ser una capataz. ¿O se dice capataza?

—¡¿Para qué quieres ser capataza?!

—Para azotar a los hombres.

—¡Ooh!

De camino a casa, cerca de la hora de la siesta, me brotó del recuerdo la figura de Agustí Atzeries, el dueño de la *Casa del Dimoni*. Y me hizo pensar que cuando se habla de su historia, allá en los años más viejos del barrio de Gràcia, no mencionan a su mujer, a sus hijos e hijas. Me figuro que no se hubiera molestado en construir aquella casa si no tuviera familia, y numerosa. Pero no hablan de ella. ¿Por qué? Imagino lo que haría su mujer, o una de las hijas, cuando apareciera el demonio por la casa. Porque no lo dicen con esta claridad, pero el relato sugiere que el diablo hizo su aparición mientras estaba la familia entera. Estarían en casa, una noche, cuando oyeron un ruido, o un carraspeo, y quisieron saber quién andaba ahí y vieron al final del pasillo al maligno. Este punto tampoco lo dejan bien aclarado. No es que supiera más, pero la cuestión es que el pacto incluía el apoderamiento de la casa por parte del demonio. Diría, entonces, que el hombre no ganó. Y no sé por qué en una historia tan oscura no mencionan a su esposa, a las hijas, a los hijos que vivían allí. Ignoro igualmente la razón por la que tuve aquel recuerdo, o aquello ocupó mi mente, minutos después de haber estado en la Casa de la Guinea Española. No sabría decir si tuvo que ver con mi deseo de ser capataza y usar el látigo cuando hiciera falta.

Tres días después de aquella visita, recibimos en nuestro buzón un sobre, era un envío de la Casa de la Guinea Española. Dentro había un tarjetón en el que nos agradecían la visita y nos invitaban a un evento que tendría lugar en la casa de la familia Barleycorn en recuerdo de Dª Amelia, decana y benefactora de la comunidad fernandina. Sería el diecisiete de julio. Nuestra accidental visita había dado sus frutos. Como éramos quienes éramos, vendrían a por nosotras a las diecisiete horas del referido día para nuestro traslado al lugar de homenaje. No nos dijeron nada de asistir a ninguna misa, pero supe, más tarde, que el recuerdo de tan magnánima señora incluía una misa en una importante iglesia de Barcelona. Supongo que a aquellas alturas de la historia ya debían de saber que tía Cintia era una sordomuda, así que carecía de sentido que la sometieran a la eucaristía latina por la cual se justificarían mis conocimientos en latín. Bueno, bromeaba, pero si cualquiera me hubiera dado un certificado de aptitud en latín lo hubiera aceptado, teniendo en cuenta que habría sido para traducir la misa a la lengua de signos para que mi tía pudiera conocer la palabra encriptada de Dios. No invento nada, es bien sabido que Jesús hablaba en parábolas, y las difundieron en latín.

No fue hasta más tarde cuando pensé en todo lo que rodeaba aquel evento, que incluía una misa. Sin embargo, podría haber sido una licencia de los fernandinos que habrían querido rendir homenaje a aquella importante señora. Lo digo porque se supo que ella había nacido en el seno de una familia protestante, y no fue una persona que hubiese roto con la tradición familiar. Por esto hablo de una licencia. En la estricta intimidad familiar no habría habido una misa, sino otro tipo de celebración. Pero muchos de los organizadores eran otros que, poco a poco, habían abjurado de su antigua fe. De hecho, muchos eran cofrades de la Moreneta, así que podrían haber optado por una misa para tenerla presente dos décadas después. En lo que a mí respecta, seré franca y sincera: Amelia Vivour se merecía una misa como una catedral. Os daré la razón: durante dos décadas su alma se halló en un lugar indefinido, buscando el descanso definitivo. Una misa como Dios manda, y en latín, ¡en latín!, hubiera permitido que encontrara la paz absoluta. Lo que hubiera hecho de joven, o en vida, es otra cosa, y

Dios se lo tiene en cuenta, pero un feliz encuentro con los suyos pasaba por inclinar la cabeza movidos por la fuerza excelsa y solemne del latín acompañado del órgano de la iglesia escogida.

En los días anteriores pensé en el almanaque otra vez: no tardaría en tener oportunidades nuevas para conocer a gente negra residente en Barcelona, o en otras localidades de Catalunya. Si pudiera hablar con ella, mejor. Y les contaría de mi vocación por la modistería y les gustaría, me haría feliz. Era también improbable que a alguien le disgustara que quisiera ser modista. Sin embargo, si hubiera encontrado a una sola persona que arrugara la cara por dicha elección, le hubiera dicho que era broma, en realidad lo que quería ser de mayor era ser capataza de hacienda agrícola. Y lo diría con el oscuro deseo de azotarle con el látigo si se pusiera a tiro. Creía que no, pero Cintia estaba al corriente de aquellas ganas por castigar al prójimo que habían nacido en mí. Creyó intuir las razones. Me reía cuando me hacía ver que la venganza podía ser un pecado grave, y que era peor humillarse ante un cura. Sabía que yo creía que era una broma que los curas creyeran que los confesados no eran reconocidos cuando se confesaban. Mientras reía, y me acordaba de mi vocación otra vez. Y también de lo que aprendería al completar la formación de modista. Me preguntaba si había una necesidad de ser tan echada para adelante: sí. Cintia lo preguntaba porque creía que era precisamente aquella necesidad la que hacía que quisiera recurrir con tanta frecuencia al látigo. Y le contestaba que no, que completaría mi formación en algo en que tuviera que utilizar las palabras, y si estas no funcionaran, recurriría al látigo sin ningún remordimiento, y me volvía a reír.

He de romper el hilo de la narración para hacer un balance de mi vida, porque estuve en Barcelona y empecé a sentir que esta iba a sufrir un cambio. En mi estancia las cosas que me marcaron de manera definitiva fueron dos. Debería decir tres, pues nunca en mi vida había pensado que un día viviría en casa de una mujer blanca que fuera sordomuda y que sería mi único familiar. Yo no sé lo que ha habido en la vida de otras personas que desconozco, pero cuando hice un repaso de la mía descubrí que me había pasado algo único, singular. El doble hecho de haber tenido una madre que no esperaba, tía Cintia, y el hecho de que fuera sordomuda y me viera obligada a aprender la lengua de signos. Y acabé creando una forma personal de hacer lo mismo, habida cuenta de mis orígenes y de lo que se esperaba que fuera, debido a mi particular inteligencia. La tercera cosa es que aprendí corte y confección. En concreto, aprendí modistería, que es una especialización dentro del epígrafe anterior. En una decisión tomada por mí de la que estoy muy agradecida a todos los que me animaron a hacerlo. Y sospecho, por todo lo que he dicho de mí, que hubo gente que pagó por la formación sin que me enterara. De la misma forma que durante años viví en casa de Cintia sin saber cómo se ganaba nuestra vida. Algo hubo que no me contaron, pues la vida comunista que abrazaron no debió dar mucho dinero. O no lo sé.

Quiero aclarar que hablé de esa particular inteligencia, y cualquiera puede entender lo que le dé la gana, pero contaré lo que sé. Estudié en un colegio seglar y obrero, ahí los responsables recomendaron que me sometiera a un *cuadro específico de formación para ajustarse al rendimiento exigido*. Cuando quisieron hablar en serio de aquello y hacer que conociera las implicaciones, les dije que en el asunto había una anomalía, pues quien iba a tomar la decisión era yo, o le contaría a tía Cintia, que era sordomuda; ella me daría su opinión y ya la trasladaría a los interesados. Además, aquello de *cuadro específico de formación*... podía implicar que me llevaran a otro sitio, con otra gente, etcétera. ¿Alguien se cree que tenía suficiente moral infantil para sufrir otro destierro, lo llamaría así, si no había dado ningún paso en la búsqueda de mis raíces? Así que les dije varias veces: ¿para qué?, como si no viera claro nada. No quería más incertidumbre en mi corta vida. Más tarde me enteré de que el hecho de que necesitara un cuadro específico de formación tuvo que ver con cómo llegué a Barcelona. O por qué llegué. Lo resumiría diciendo que creían que yo era una niña de otras alturas.

A lo que iba, en este pequeño balance, estaba de vacaciones y andaba contenta con las decisiones que había tomado, pero necesitaba hablar con la gente que conocía, y pedí a Cintia que se tomara la molestia de buscar unos bañadores, quería ir a Piscinas y Deportes. Y no puso ninguna pega. Le comenté, además, que sería una pena que no pudiéramos ir a aquel sitio con mis dos amigas, Gilda y Anamari, y me dijo que cuando las volviéramos a ver, iríamos todas juntas. Pero por aquella segunda vez iríamos nosotras solas. Y allá fuimos, por el mismo medio y camino. Todo estaba igual, el calor nos pegaba por el costado, aunque quien lo sentía más era Cintia. Sé que en verano hace calor, pero no tiene nada que ver con lo que se siente en Santa Isabel. Seguía sin bañarse, aunque intuía que le gustaba. No sabía qué en concreto.

O todo. Y como no estábamos allá para estar sentadas como en la plaza, le dije que haría lo mismo que la otra vez, que iría a explorar el sitio. Y allá fui. Alternaba la visión de aquel mar recogido en el cemento, la piscina, y el resto del complejo, entreteniéndome en los saltos de los muchachos desde aquel trampolín.

En aquello andaba cuando vi en unas hamacas a Salomé, a la monja de la otra vez y a un chico que parecía un poco mayor que nosotras dos. Cuando hay chicas y chicos en un mismo sitio, en general, los chicos son mayores. Saludé primero a la madre, que debía ser la escolta de mi amiga, y luego al resto.

—Y este es mi amigo Daniel —me dijo Salomé, presentándome al chico.

Lo saludé y me reí, porque estábamos en un sitio maravilloso y el bienestar da risa. Bueno, a mí. Yo no soy de las que lloran si no están a disgusto.

—Ya lo sé, Salomé, no te bañas por el pavor a los tiburones —contesté.

—¿Tiburones?, ¿quién dijo que había tiburones? Los tiburones viven en el mar —puntualizó con seriedad Daniel.

—Bueno, hay muchas formas de ver las cosas, y si la señorita cree que aquí hay, pues puede haber. ¿Has visto tiburones, Daniel? —le replicó Salomé.

—¿Qué si he visto tiburones? No solo eso, he visto a gente atacada por tiburones.

—¡Ooh! ¿Dónde viste eso? —pregunté.

—En San Carlos. Nací ahí.

—Vaya, no lo sabía —dijo Salomé—. Quería decir que no sabía que naciste en San Carlos.

—Ven, vamos a que te presente a mi tía. Nunca ha visto a nadie nacido en San Carlos. ¡Venimos, madre!

Y seguimos hablando hasta que llegamos hasta la presencia de Cintia, a quien informé en lengua de signos:

—Tía, te presento a este chico, que nació en San Carlos. Dice que no te bañes porque aquí hay tiburones.

—Jaja —tía Cintia se rio mostrando los dientes.

—¿Qué le has dicho? —preguntó Daniel.

—La verdad. Tía Cintia, nos vamos a dar una vuelta. Si aparece la monja del otro día, por favor daos compañía —le dije a Cintia poniendo voz a los signos.

—Eres tremenda, Ana —dijo Salomé.

—No has visto nada. Daniel ha dicho que conoce un caso de un feroz ataque de tiburón. ¿Dónde has dicho que le mordió al hombre?

—¿Dije que fue un hombre?

—Rara vez verás una mujer en una zona de tiburones. Si en tu relato es una mujer, no lo cuentes —dije.

—¿Cómo has llegado a esta conclusión? —preguntó Daniel.

—Salomé —dije—, ¿has estado en algún sitio en que estuvieras en peligro de ser mordida por un tiburón?

—Yo, no —respondió Salomé.

—¿Ves?, yo tampoco.

—Sois muy graciosas.

—Gracias. Ahora dinos, ¿quién fue la víctima del tiburón? —pregunté.

—Un pescador nigeriano.

—¡Ooh! Pobre. ¿Para quién pescaba?

—¿Crees que no trabajaba para él mismo?

—Vamos a hacer una cosa, cuéntanos cosas de San Carlos —pidió Salomé, que quería paz y empezaba a oler otra cosa.

—Sí, cuéntanos quién vive ahí.

—Mi familia, gente de ahí, y gente de otros lugares que trabajan. Hay unos blancos que trabajan en las oficinas.

—¿Y qué destacarías de San Carlos?

—El mar y el río. Lo digo así porque a veces se mezclan.

—Qué bonito —dije.

—Y la gente que no pesca, ¿dónde trabaja? —preguntó Salomé.

—En las fincas de cacao y en la construcción del puerto.

—Vaya. ¿Y has trabajado el cacao? Digo antes de venir aquí —siguió mi amiga.

—Diría que no.

—¿Tu padre?

—¿Qué preguntas sobre su padre?

—Sí, ¿qué quieres saber de él? —intervino Daniel.

—Si trabaja el cacao, ¿dónde está? —comenté.

—Su padre es el jefe. ¿No, Daniel?

—¿Es el jefe de qué? —pregunté.

—De la *serradería* y de otra finca de cacao —respondió Daniel, algo cortado.

—¿Entonces cómo se llama tu papá?

—Don Cipriano, ¿no? —intervino Salomé.

—¿Don Cipriano? ¿Es el nombre con el que se le conoce? Don Cipriano.

—Se le conoce más por Don Maximiliano —dijo Daniel.

—¿Don Maximiliano Jones? —pregunté, sorprendida.

—Sí —respondió Daniel—. ¿Lo conoces?

—¡Entonces eres Daniel Jones!

—¡Claro! ¿Conoces a mi padre?

—No, solo he visto escrito su nombre en un papel.

—Interesante —dijo Daniel.

—No, no os riais. ¿Habéis visto vuestro nombre en un papel que no sea uno de vuestros documentos? Yo no he visto el mío todavía. Yo digo escrito con máquina de escribir, como en un libro.

—Yo…, creo que tampoco —admitió Salomé.

—¿Y tú, Daniel? He visto que los chicos escriben en la revista *La Guinea Española.* Me gustaría escribir también. Puedo escribir cuentos, y contar de cómo un tiburón muerde a un chico y le corta el pelo a cero.

—Jeje, eres muy graciosa —dijo Salomé.

—No te rías. ¿No os gustaría escribir cosas en la revista?

—No tengo ideas todavía.

—Yo sí —dijo Daniel

—¿Qué te gustaría escribir? —preguntó Salomé.

—Me gustaría escribir algo sobre San Carlos y de cómo construyen el puerto.

—¡Ooh! Creo, entonces, que tienes que volver para ver el puerto acabado, ¿no?

—¿Crees que es necesario? —preguntó Daniel.

—Yo sí, porque, ¿qué pasa si al final no lo construyen porque los trabajadores se van?

—Creo que puede empezar a escribir sobre los que construyen el puerto y luego contar otras cosas, como el caso del tiburón.

—Jeje, sí, un día te leeremos en un libro, Daniel —solté entusiasmada—. A propósito, ¿tienes hermanos?

—Sí —dijo Daniel—. Una hermana de madre y varios hermanos de padre. Quiero decir que entre estos hermanos de padre hay también mujeres.

—¡Ooh!, ¿entonces tu padre ha tenido dos mujeres?

—Sí, creo que sí.

—Entonces tú eres el hijo de la mujer de San Carlos, te has librado de la *serradería* y del trabajo del cacao porque te han enviado a España, ¿no?

—Sí.

—¡Ooh! Tú no sabes… tú no sabes lo que esto supone para mí.

—¿Esta información? No lo sabía.

—Sí, no lo pongas en duda. Además, esta información me servirá para comprender mejor el libro que escribas. No puedes hacer la promesa de escribir un libro y no cumplirla.

—Bueno, si lo dices así, con estos argumentos, puedes tener algo de razón.

—Créeme, yo sé por qué digo lo que digo. Oye, Salomé, te quiero pedir un favor. Yo quiero escribir una carta para Anamari, Gilda y también para ti, pero me gustaría que no la leyeras ni se la entregaras si no he vuelto a Santa Isabel. Es decir, no la leas antes de que me vaya. Aunque te la dé abierta.

—¡Oh! ¿Y cómo sabes que resistirá la tentación? —preguntó Daniel.

—Creo que resistirá. Además, no me ha dado permiso para dudar de su palabra. ¿Me puedes hacer este favor, Salomé?

—Claro, ¿pero tienes la carta ahí? —preguntó Salomé.

—No, iré a una de estas tiendas o bares y pediré un papel y bolígrafo y la escribiré.

—¿Pero por qué no la escribes un poco después de que sepas que te vas a ir? —dijo Daniel.

—Porque no nos vemos con mucha frecuencia, y no sé si estaré libre para buscaros en el último momento.

—¿Y crees realmente que resistirá la tentación de leerla antes de tu partida?

—Sí, sí, por segunda vez te digo que sí. ¿Y sabes por qué? Porque si insistís en que es una tentación muy grande para ella, y veo que también para ti, me veré obligada a pedir este favor a la madre que la acompaña, y no estaría bien que ella, me refiero a Salomé, y también tú, estuvierais dudando de la lealtad de una persona de Dios como la madre, porque sería un pecado —respondí con sorna.

—Jeje —se rio Daniel.

—Jeje —se rio Salomé—. Creo que estás loca, muy loca.

—Esperadme aquí mientras pido las herramientas para este proyecto. Si no me veis es que me he perdido y no os he sabido encontrar. No quiero que vengáis conmigo porque sé que esta gente no está tan acostumbrada a ver gente de pelo corto.

—Si te pierdes te encontramos.

Y me fui. Encontré un lugar en el que creí que tendrían papel, y entré como sordomuda, así que me abrí paso con la lengua de signos y pedí lo que quería, rebajando mis conocimientos gestuales a los de la persona que ahí estaría. Recordé a Daniel Jones, porque el encargado tragó el anzuelo con mi treta, aunque estaba desconfiado, y me dio un trozo de papel y un bolígrafo. Pero le dije que, por favor, me diera un papel entero.

—¿Vas a pedir todo el almacén? —me preguntó.

Le dije que más o menos, o que esperase ver el final, que no valía la pena adelantarse a los acontecimientos. Así que me atendió y ya me pesó pedirle algo en que apoyar el papel, así que cogí un trozo de cartón que encontré en la basura y, en el suelo, me puse a escribir. Mi carta fue esta:

Queridas Gilda, Anamari y Salomé: Mi deseo es que nos hubiésemos visto juntas para que me pudiera despedir de vosotras, lo probable es que no pueda ser. Y no es que vuelva a Guinea mañana, ni siquiera dentro de un mes, o dentro de un año, sino que adelanto mi despedida en caso de que ocurriera que no os volviera a ver antes de mi viaje. Dentro de poco me centraré en mis estudios de formación en modistería y estaré más ocupada de lo habitual. Incluso es probable que solamente coma una vez al día, jeje. No conozco vuestros planes, pero quiero deciros que un asunto de mucha importancia me llevó a Guinea, y voy con la intención de volver a España en cuanto me sea posible. Es decir, en caso de que no os vea antes de ir, pensad que este no es un adiós definitivo. Y si nos vemos antes de ir, seguiremos hablando como si no me hubiera despedido, aunque guardaréis esta carta para cuando me vaya, seguirá valiendo. Me hubiera gustado hacer planes juntas, o simplemente lamentar que no hiciéramos la confirmación juntas y dar la oportunidad a Salomé para que nos contara sus planes. Anamari, muchas gracias por ser mi amiga; Gilda, por favor, dale recuerdos míos a tu papá, ya que es mi padrino. Salomé, vas a ser una maestra muy seria, porque eres muy lista. Cuando tengáis todas una idea de lo que queréis ser de mayor, me lo decís para que yo os felicite.

Querido Daniel: me alegró conocerte, y me hizo mucha ilusión saber que eres de San Carlos. La historia de tus orígenes fue reveladora para mí. Cuando nos veamos, hablaremos de tu intención de escribir un libro el día de mañana. Yo haré lo posible para hacer lo mismo y espero que un día los compartamos. ¿Serías capaz de narrar en tu libro la historia del hombre mordido por un tiburón? Espero que sigas teniendo muchas cosas de las que escribir. Me despido de ti con un abrazo a la espera de vernos pronto.

Un fuerte abrazo de vuestra amiga
Ana

Cuando hube acabado, me levanté con agilidad y le hice ver al amable tendero que lo sentía mucho, pero me tenía que ir. Le di las gracias, le devolví el bolígrafo y salí corriendo al encuentro de mis amigos. Hablamos un poco de tiburones y le pregunté a Daniel si no estaba viendo que saltar desde el trampolín era algo del gusto de los chicos. Y me dijo que no venía con la intención de bañarse.

—Ah, entonces viniste con la intención de convencer a Salomé de que lo haga, ¿no? ¿Qué quieres ver de ella?

—Jaja —rompió en risa Salomé.

—Estás mal, Ana —dijo Daniel.

—Ya verás, diré a la madre, la escolta, que no se despiste nunca. A propósito, Salomé, ¿por qué siempre vienes con ella?

—Es porque le gusta este sitio, y como no vivimos lejos... También nos puedes decir por qué vienes con tu tía.

—¡Ooh! ¿No ves que soy niña aún? Si me ven sola, y a pie, creerán que soy una vagabunda y pueden enviarme a Las Hurdes. Además, no me dejarían entrar. Vamos, voy a decir a mi tía que no os creéis que tengo la edad que tengo. Y no pienso hablar la lengua de signos, que ya debíais haber aprendido. No estás incluido, Daniel.

—Estás mal, estás mal —dijo Salomé.

—¡Ah, se me olvidaba! Salomé, toma la carta. Has hecho una promesa. No la abrirás hasta que me haya ido, busca a las otras dos, busca a Daniel y la leéis juntos. ¿Me lo prometes?

—Te lo prometo.

—Entonces adiós, iré a preguntar a mi tía si quiere meter los pies en el agua, al menos.

—Oye, antes de irte, ¿dónde está Las Hurdes? —preguntó Salomé.

—Yo qué sé. Por ahí, de camino a Portugal.

Llegó el día señalado y la hora convenida. El coche nos llevó a la misma casa en la que comimos con doña Montserrat. En la nueva ocasión no había apenas niños, o niñas, sino hombres y mujeres. Yo iba con las expectativas de hablar con gente de mi edad, también de conocer a los adultos con los que rellenaría los espacios en blanco del almanaque, y dejar de sentirme sola en la ciudad. Mis conocidos debían saber que necesitaba personas negras. Y viniendo de donde venía, creo que lo necesitaba más que cualquier niña o niño de mi edad. No paraba de llegar gente, pero en ningún momento vi a Valerina Vivour. ¿Era realmente la nieta de la homenajeada o no? Y si lo era, ¿era cierto que había llegado a Barcelona con nosotras o se había quedado en Francia? Pues no volví a ver a mi antigua compañera de orfanato. O estaba celebrando aquel día en otro sitio, con las personas con las que vivía, en la intimidad. Tuve una ligera decepción que se diluyó cuando capté la atención de mucha de la gente que había. Aquel día, y en aquella casa, asistí a mi primer concierto de música. Aquel momento me acompañó por muchos años.

Aquel día no hubo mucho protocolo a la hora de comer, las formalidades ya tuvieron lugar en la iglesia. Una misa en latín es ya demasiada formalidad. Había muchas y distintas cosas para comer. Tenía que estar al lado de mi tía para ejercer de traductora, además era una de las ventanas por las que la gente accedía a mí. Contemplaba la magnificencia de la casa otra vez, y, de nuevo, estaban a la vista las fotografías de los antepasados o parientes de la dueña de la casa, vestidos como la última vez. Había que verlos e imaginar dónde se cosieron aquellos vestidos y quién los cosió. ¿Dónde vivieron todos ellos? Inmersa en todo aquello, una mujer vino a mi encuentro a saludarme como si me estuviera esperando. Se presentó y me dijo que era hija de Emilio Barleycorn y de una mujer camerunesa. Se llamaba Adèle Ngo Bishop. Era hermosa y tenía el acento de las personas que hablaban otra lengua. De hecho, me dijo que estaba en Barcelona porque estudiaba una *maîtrise* en idiomas. Claro, su padre, como todos, tendría tierras en varios sitios cercanos y lejanos de Santa Isabel. Y con algo de tiempo, haría un hijo con el que adornar su vejez. O hija.

Seguíamos comiendo. Cada vez que me asomaba a la puerta, veía a un hombre sentado en un taburete que estaba hablando con otro al que no se veía a la primera. Y era curioso, porque con gente alrededor, y con mucha comida cerca, no debían tener ni sed ni hambre, o el asunto que trataban, estando uno a unos dos metros de otro, era muy importante. Siguieron ahí, seguíamos dando vueltas, comiendo, bebiendo, saludando a gente y traduciendo a mi tía, y se me acercan una mujer y un hombre, al que reconocí, era el que estaba medio tapado hablando con el otro, que daba a entender que era un tema serio, no por su cara, sino por su ayuno y abstinencia de tocar lo que estaba ahí expuesto. Tengo que decir que cuando conozco a alguien y descubro que no le gusta el arroz, recelo de él, creyendo que puede ser una persona peligrosa. La pareja que se me acercó era Mercedes Besari y Manuel Morgades, su marido. Fueron amables, me preguntaron lo básico, saludaron a Cintia, y luego el hombre tuvo sed, así que fue a por algo de beber. Quedamos con la mujer, y tras dos o tres preguntas más, pidió permiso a Cintia, me iba a presentar a alguien importante. Y fue que nos acercamos a una puerta y saludamos al hombre que había estado hablando con su marido. Creo que lo llamó Willy. Se conocían, pero no era normal que con semejantes ropas se trataran con diminutivos. Aquel Willy era uno de los Jones Níger que tenía interés por el boxeo en Santa Isabel.

Nos saludamos brevemente, se interesaron por lo principal, si me había gustado la comida. No, broma. Que cómo estaba, si estudiaba, ¡cómo no!, y qué quería ser de mayor. Modista. Muy bien. Luego me tocó la espalda con cariño y me dejó con la mujer. Fue ella quien me comentó lo que habían preparado para mí, la información básica sobre por qué debía estudiar mucho. Más tarde até cabos. Claro, aquel hombre era Manuel, el único annobonés del que había oído hablar, y aquella era su señora. Lo que me dijo fue que estaba bien donde estaba, y que sabían que estaba ahí. Que siguiera haciendo lo que quisiera con todo, y que cuando llegara el tiempo y quisiera volver a Guinea, me pusiera en contacto con ellos. Ellos sabrían qué hacer. Muchas gracias, dije. No hay de qué, siempre que podamos, abriremos caminos para todos. Aquello era verdad. Bueno, para todos los de su club. En ningún momento les dije que había escrito una carta, todavía no enviada, a la superiora del orfanato. Si se lo hubiera contado, también debían saber que había cosas ocultas que necesitaba descubrir. Si no, no hubieran dicho aquello de que estaba bien donde estaba, y que lo sabían. ¿Quién se lo contó? La realidad: lo que me dijeron me aportó la suficiente información para aliviar mis penas. El contenido de dichas conversaciones lo revelaré cuando tenga hecho el almanaque, porque creí que de aquella reunión ya habría tenido suficientes nombres para completar con creces los meses del año.

Enero Jorge Teófilo Dougan *Abogado, Barcelona*	**Febrero** José Eburi Palé *Arquitecto, Madrid*	**Marzo** Gertrudis Davies *Medicina, Valencia*
Abril Victoria Ivina *Farmacia, Valencia*	**Mayo** Fernando Tobileri *Perito Agrícola, Barcelona*	**Junio** Tarsicio Ondo *Escultor, Barcelona*
Julio Apolonio Eria *Magisterio, Madrid*	**Agosto** Adèle Ngo *Maitrise, Barcelona*	**Septiembre** Manuel Morgades *Magisterio, Barcelona*
Octubre Antonia Bosoka *Criada, Barcelona*	**Noviembre** Salomón Olajuwon *Criado, Barcelona*	**Diciembre** Gilda Olajuwon, SL Ana María Dougan, SL Ana Matzen Biachó, SL

Mi almanaque salió así, era la primera vez en mi vida que me puse en lugar de otro. Lo probable es que alguna persona que conociera el proyecto lo viese después, si es que lo hacía público, y se decepcionaría de no haber sido incluida, lo que entendería como una falta de estima por mi parte. Entendería su decepción, pero no se podía contentar a todo el mundo. Alguno insistiría y preguntaría por los méritos de tal persona para aparecer allá. Ese Tarsicio, por ejemplo, ¿quién es?, ¿qué ha hecho para merecer un mes tan importante para los viajes entre Guinea y España como junio?, me preguntarían. Serían los que no sabrían jamás que unos años después aquel desconocido Tarsicio recibió un premio de cinco mil pesetas por su escultura *La mujer nigeriana*. Salió el hecho en el Boletín Oficial del Estado. Y lo siento, Daniel Jones Mathama, aunque no hubieras escrito una novela, muchos años después, adquiriste suficientes méritos para haber tenido un sitio en el almanaque, pero, con franqueza, de los elegidos no sé a quién hubiera quitado para meterte, a no ser que decidan que los años tuvieran trece meses, y vaya almanaques más feos saldrían de las imprentas.

Estábamos comiendo, o mirando a quién saludar, o ejercía de traductora de Cintia, cuando la mujer camerunesa nos exigió nuestra atención y nos invitó a que la acompañáramos a una habitación que daba a un patio acogedor. Así hicimos, y vimos que en aquel sitio había un pequeño grupo de músicos y danzarines africanos, ataviados como si estuvieran en su país. No con taparrabos precisamente, pero en Barcelona no se vestirían así. Cuando estuvieron todos, Adèle, que era la camerunesa, extendió la palma abierta hacia ellos, respondiendo con una ligera inclinación de cabeza, e inmediatamente empezaron a tocar. Aquellos danzarines, los hombres, eran algo barrigudos, pero todo defecto en ellos se diluyó cuando empezaron a danzar, siguiendo los acordes de unos tambores y de una guitarra inimitables. No lo digo porque supiera de música, sino porque así me pareció. Una vez instalado ese ritmo, la formalidad se rompió y cada uno pudo ir a por más comida y bebida. Inigualable. Siendo quien era, y siendo la primera vez, no sabía qué decir. Esperaba verlo todo, y supe que alguno de los prominentes hombres de aquella reunión sabía lo que se cantaba, incluso los había visto bailar. Creo que lo hicieron cuando ya no estábamos.

Debía saber qué pasaba ahí. No fue hasta más tarde que supe, por gente a la que fui conociendo, que aquel grupo era nigeriano, de la etnia ibo. La dueña de la casa, que prosperó en San Carlos, heredó luego la prosperidad de su marido Vivour, también tenía orígenes nigerianos, en concreto ibo. Y en el día que se celebraba la segunda década de su muerte, se reunieron porque en su próspera vida nunca renunciarían a sus orígenes, además de por su generosidad con los suyos. Los ibos celebran los triunfos de los suyos dondequiera que estén. Lo que cantaban aquel día, una canción de una duración de unos veinte minutos, era una antigua fábula nigeriana que luego musicalizaron de manera deliciosa. La fábula se hizo popular con el llamativo nombre de *Gwo gwo ngwo*, y hablaba de una lentísima tortuga que engañó a un poderoso elefante, casándose luego con la hija del rey. La moraleja es no dejarse engañar por los que, al principio, parecen aliados en la consecución de un fin. Tratándose de un asunto de fernandinos, que estaban envueltos en cientos de negocios por latitudes diversas, aquella fábula, y su moraleja, les debía caer como anillo al dedo. El baile de aquella canción, en la que había una parte cantada, y luego una parte narrada por el propio guitarrista, era una escenificación de la decepción sufrida por el elefante. Por ello, las piernas de los danzantes tenían gran protagonismo en el mismo.

Lo que voy a decir ahora sobre mis asuntos familiares está envuelto en las notas de aquella canción, cuya melodía se me quedó grabada en la cabeza durante mucho tiempo. Que me escuchen imaginando la canción. Mi vida a partir de ahora es como meterse en un túnel que te llevará de un lado de la montaña al otro. Cuando vuelvas a la luz del otro lado no sabrás cuánto tiempo has estado lejos de ella. Quien primero te hable te podrá decir que has estado veinte años y será creíble. Eso fue lo que me pasó. Fui a la escuela, en Santa Isabel, y aprendí a leer, dejando nuestros ríos para estudiar los ríos de los blancos. Luego me trajeron a Gràcia y seguí sumando y multiplicando hasta llegar a los quebrados. Luego fui a la llamada de la vocación. Pasé, sí, apuros educativos, queriendo llevar sumas y restas a la fiesta de las telas. Flaqueé, me hice fuerte, luego vencí. Y logré echar una carta en el buzón para que la leyera la dueña del orfanato. La leyó. Avanzaba entre costuras y preguntaba por la calle que me acogería cuando volviera a Santa Isabel. Y sentía miedo. Alguien me escuchó. O mucha gente. El eco de los destinos. Así conocí la primera mitad de mi historia.

Papá fue vecino de mi mamá y se saludaban. Luego vino mi otro papá y vio que uno de los dos sobraba en aquella lucha por la juventud de mi mamá. Bueno, Matzen era mucho hombre para un pueblerino cazador de tiburones, pero papá pegaba fuerte cuando se vestía de corto. Y esperaron al juez. Dictó el dinero del señor Matzen, que era doctor, ganadores ellos de muchos corazones. Y golpeó primero. *¡Diiim!* Mi padre resistió, armó el golpe certero y Matzen mandó a madre a Monrovia para disipar los murmullos. Monrovia: 6º 18' 36" N 10º 48' 18" W. Entonces no hubo nadie por quien pelear. Hubo un hijo y mamá siguió esperando que la tradición bubi se cumpliera. Pero apareció papá, el que golpeaba los mentones, y fue acogido por mamá en su regazo, con el permiso de quien iba a ser mi medio hermano. ¿Ahora se entiende el resto o tengo que seguir contando las cosas de mayores? A propósito, los bailarines ibos de la casa de Vivour se tomaban bastantes licencias a la hora de bailar. Bueno, aquella historia contaba la boda de la hija del rey, y los casados a veces conocen la flaqueza de la carne.

Papá debía seguir su viaje lleno de promesas o volver a Santa Isabel a lanzar aquellos certeros golpes a la mandíbula de sus oponentes. Sin embargo, el destino se rebeló y el barco fue abordado y conducido al sitio en que mi mamá estaba incubando los frutos de su lascivia. Bueno, ocurrió que Matzen estaba casado en otra casa, y supongo que aquello avivó la enemistad con papá. Mientras esperaba en Monrovia, mamá tuvo otro hijo y mi padre se puso a pescar con los liberianos porque hablaban el pichinglis como ellos. Por causa mayor, aparcó su viaje. Primero visitó a mamá. Cuando pasaron los días o los tantos meses en que reinó la zozobra materna, ella volvió a Guinea, papá siguió pescando tiburones para reunir el dinero que le convirtiera en un hombre libre, luego se embarcó. Pero había estado peleando con tiburones, así que descuidó un poco la elegancia que le había hecho ser tan querido. Además, sus papeles de viaje envejecieron y a duras penas embarcó. Tenía cartas para gente importante que le abriría las puertas, pero sobre ellas pasó el tiempo.

Y llegó a España, y, al poner el pie en tierra, sintió frío y luego un dolor.

Recordó que cerca de Las Hurdes tenía una prometida que le podía echar una mano y ofrecerle un regazo, según lo aconsejaba un hermano Cañas que seguía en Santa Isabel. ¿Y si todo aquello fue mentira? Lo que no entiendo es la insistencia de tía Cintia en visitar Cáceres o Las Hurdes. ¿Quién le contó la milésima parte de aquella historia, siendo sordomuda? Quizás un día un buen samaritano cogió a papá y lo llevó a un cuarto contiguo al de Ángela Cañas. Y al sanar, juró hacer una peregrinación a Las Hurdes, allá habitaban dioses suyos. Lo cierto es que tanto vagar por tierras desconocidas atrajo la atención de los que buscaban a vagos y maleantes y fue retenido a saber dónde. Mientras tanto, Matzen, que quería una hija a toda costa, reconoció en Santa Isabel a la hija de su querida como suya, yo. Sin embargo, los otros fernandinos con los que jugaban a las cartas en sus tardes libres no lo vieron del todo bien. Supongo que fue lo que estuvieron hablando largo rato los dos hombres que ni bebían ni comían en casa de Vivour. Me veían por primera vez. Y como Manuel Morgades era annobonés, conocía lo que había dejado dicho mi padre antes de que algo le pasara. Y se opuso a los planes del doctor: Si no es tu hija, no puedes quedártela, hombre. No te preocupes por tus pecados, no somos Dios.

Fue este mismo Matzen el que decidió que su hija querida se criara en España, lejos de los rumores del Bonkó. Lo arregló todo con uno de los parientes de Cintia al que salvó de una malaria feroz que estuvo a punto de llevarlo a la barca de Caronte. Era uno de los desterrados en Guinea debido al furor rojo del comunismo del Berguedà. Supongo que en el entramado de esta historia hay gente con la que no he hablado nunca. ¿No parece todo ciencia ficción? Pues que lo diga el Bonkó, que llevaba cantando las historias de los poderosos desde la noche de los tiempos. Y en esa nocturna oscuridad, supe, porque lo estudié, que cofrades del Bonkó se enfrentaron a las autoridades porque estas no permitían que se hiciera nada en los cementerios. El Bonkó de Barcelona, que eran todos los fernandinos, actuó bien. Admitieron que la idea del doctor Matzen se mantuviera, pero, poco a poco, dictaron sentencia a favor de mi papá. Yo creo que no investigar lo que sabía Cintia, si es que sabía, era hacer un propósito de no dejar de quererla el resto de la eternidad. Para contarle cualquier cosa, hubieran recurrido a un traductor que no fuera yo, alta traición. Era sorda, era muda. Se acabó la música ibo que me seguía, si la has escuchado la tendrás en la cabeza varios días.

Cuando empecé a salir a la calle con guantes, envuelta en la juvenil elegancia de una bufanda a juego, decidí retornar a Santa Isabel. Hablé de elegancia porque ya la entendía, ya estaba estudiando para ser modista, conocía algunos secretos de aquella profesión. Me quedaba tiempo por delante, iría y volvería. Pero primero había que ir. Yo, según las leyes que imperaban en el mundo, era todavía menor de edad, así que necesitaba que alguien me acompañara o que la autoridad hiciera los papeles para que alguien me acompañara. Yo sabía por qué debía volver. Y por mencionar aquel regreso, toca revelar lo que llamé el secreto de Antón. Por mí no lo haría, sobre todo con mi cuerpo en el punto de la historia en que estaba, a punto de tomar un barco para ir al encuentro de toda la historia que desconocía de mí misma. Esa parte la fui completando con lo que me dijo mi papá la primera vez que lo vi. En Santa Isabel. No supe por cuánto tiempo estuvo fuera ni si volvió a pelear cuando regresó. Lo que sí tengo que decir es que cuando lo vi, tenía la boca torcida. Y no fue porque un oponente se la torciera, sino que recibió un golpe desde dentro. En el camino al encuentro de Ángela Cañas, se enfermó y fue acogido no sé dónde. Así que pudo haber sido cierto que se puso en camino a Las Hurdes.

Le hice muchas preguntas y me reí mucho, y no precisamente de esa boca torcida. De hecho, aquel defecto, que es llamativo cuando no lo conoces, deja de ser perceptible cuando lo conoces y lo tienes cerca. No sé qué hubiera pasado si peleara con aquella boca, o si seguía teniendo ganas de pelear. Me acuerdo de la historia de Kid Fumanchú, que tenía un defecto, para mí, superior. ¿Quién hubiera ganado?, sin duda, papá le hubiera fulminado. Los que tienen bocas torcidas por un ataque ya no tienen tiempos para la piedad, supongo. Señalar que, si no hubiera vuelto a Santa Isabel, ni sabría nada de mis orígenes ni sabría, de la Guinea, quién es quién. No hubiera visto, además, a mi padre, así que no hubiera escrito ninguna historia.

Fue más tarde cuando me enteré, sin que me lo hubiera dicho mi padre, de que Barcelona había sido un escenario fecundo del boxeo y en la ciudad el tema se envolvía en colores insospechados. Supe, pensando siempre en mi padre, que, a la ciudad, incluso muy cerca del barrio de Cintia, llegaron boxeadores de muchos sitios, incluso del otro lado del mar Atlántico colombino. Además, tomaron parte en aquella fiesta una gente que podía ser famosa no por pegar ni recibir golpes, sino por llevar un nombre de poeta. Es lo que quise decir con colores insospechados, pues no fue cualquier cosa. Cuando descubrí aquello, pensé en que sería la razón por la que el falso cuñado de padre se empeñó en que viajara a España, aunque mantuviera en secreto que el destino iba a ser nuestra ciudad. Recordando aquellos colores, creí con toda convicción que, si mi padre se hubiera subido una sola vez a un cuadrilátero, hubiera boxeado tan bien que le hubieran prohibido pelear el resto de su vida. Los que manejaban aquello no hubieran dejado que estuviera machacando a diario a sus protegidos. Lo sé, mi padre, a pesar de todo, era un negro, así que no podía ser. Parte de los secretos que dormían en la insistencia de tía Cintia de llevarme a Las Hurdes tenían que ver con su intención de que descubriera lo que hubiera sido. Al fin y al cabo, si el cuñado Cañas no hubiera insistido en que viajara, yo, liberiana de pro, no hubiera visto la luz de la vida. Pero qué rabia, ¿eh?, no haber podido gozar de los tremendos golpes a los que se le enfrentaran bajo los focos de los ricos. Así: *¡Diiim!* Fin.

Para llegar al punto anterior tenía que tomar el barco, pero tenía muchísimo miedo por lo que había escondido en el secreto de Antón. Confieso que, si hubiera podido, me hubiera quedado en España. Pero con raíces negras, no podía. Así que vencí el miedo a lo que me estuvo enloqueciendo y me dije que sea lo que Dios quiera. Pero lo pasé mal, y dejó en mí una huella imborrable. El secreto de Antón. El nombre fue de un negro que, habiendo sido huérfano, alcanzó la edad adulta sorteando todas las dificultades de su condición. Y soñé que era mayor y habitaba el cuerpo de una mujer delgada que vivía sola, en una casa que no vi. Estaba allá en Santa Isabel buscando la información y alguien dijo, y de manera milagrosa escuché que podría ser que esa historia, la de una prima de su madre que dejó a la hija de esta en el orfanato, no fuera del todo cierta, sino que fuera bastante peor. Estaba perdida. Y no me cansaba de decir que no podía ser. En el sueño, la prima había abandonado a su propia hija, no a la niña que mamá había tenido en Monrovia. De manera que esta historia no era la mía, sino la de mi prima. La simple idea dolía, y mucho. Ese sueño había dejado una cicatriz, un gran agujero en el recuerdo que necesitaba llenarse de certidumbres.

Barcelona, 7 de octubre de 1950

tindrem la mida de totes les coses
només en dir–nos que ens seguim amant.
Joan Salvat-Papasseit

Muchas gracias, hasta pronto.

dosmanos

Lo mejor
está en
el interior.

Un libro es mucho más que el soporte de un texto, es una ventana al mundo, un objeto dotado de presencia, ocupa espacio, pesa, viste la existencia. Un libro no solo posee las virtudes de la realidad, un libro es la realidad misma, pertenece al universo de lo esencial, es a la vez físico y metafísico, como la piedra, el árbol y la luna. Como ese perro del vecino que ladra e impide que nos abandonemos al sopor de una siesta quizá demasiado larga.

El libro acumulará polvo, nos obligará a acarrearlo de un lugar a otro, nos estorbará en todas nuestras mudanzas, y a cambio nos demostrará que es posible viajar hacia el futuro que un día llamamos *tiempo*. En esa aventura sin retorno absorberá humedad, olores, manchas de café, de vino, de la grasa que impregna nuestra piel de animales sudorosos, de humores líquidos o psicológicos. Con los años sus páginas se volverán amarillas como nuestros dientes, como nuestros huesos; seguirá, por siempre, cambiando.

Buen viaje al futuro,
pequeños tesoros.

dosmanos